이곳은 인천의 어느 지하상가에 자리한

할아버지들이 운영하는 조그마한 선물가게

평균 나이 75세, 열두 명의 장난감 박사님들이

아픈 장난감을 치료해 동심까지 선물해드려요

고장난 장난감, 무료로 고쳐드립니다

할아버지의 장난감 선물가게

장난감 박사 에세이

장난감 박사님들을 소개합니다

김종일 이사장(78세)

13년 차 장난감 박사이자 '키니스 장난감 병원'의 이사장. 35년간 대학에서 공학을 가르치다 봉사하고자 하는 마음으로 키니스 장난감 병원을 설립했습니다. 드라이버를 들 힘이 남아 있을 때까지 장난감을 고치고자 합니다.

김기성 박사(78세)

13년 차 장난감 박사.

대학에서 학생들에게 조선 공학을 가르쳤습니다. 김종일 이사장님께 제안받아 장난감 병원을 함께 시작했지요. '동기 사랑 나라 사랑'이라는 말을 수십 년째 실천중입니다.

박종태 박사(75세)

11년 차 장난감 박사.

전자업체 생산직으로 일하며 TV를 다루다 이제는 장난감을 다루고 있네요. 김종일 이사장님과 어린 시절부터 동네 친구입니다. 술 사준다는 말에 꿰여 지금껏 함께 있네요.

이종균 박사(84세)

8년 차 장난감 박사.

전자업체에서 연구원 생활을 하다 은퇴하고, 쉬고 있던 중에 TV 프로그램 〈슈퍼맨이 돌아왔다〉로 장난감 병원을 처음 알게 되었습니다. 병원에서 가장 어려운 치료를 도맡는 내과 전문의입니다.

심범섭 박사(77세)

7년 차 장난감 박사.

지금은 건강 문제로 그만둔 설립 멤버 가운데 한 사람이 제 고등학교 동창이라, 일손 도와달라는 말에 키니스 장난감 병원에 오게 되었습니다. 제조업 분야에서 근무하다 은퇴한 뒤부터 이곳에서 장난감을 고치고 있지요.

원덕희 박사(70세)

8년 차 장난감 박사.

36년간 공업계 고등학교에서 아이들을 가르치다 은퇴했습니다. 유튜브에서 다른 박사님들의 인터뷰 영상을 보고, 관심이 가서 병원 일을 함께하게 되었습니다. 저는 이곳의 모빌 전문의예요.

천정용 박사(72세)

4년 차 장난감 박사.

페인트회사에서 32년간 근무했습니다. 김기성 박사님에게 소개받아 장난감 박사가 되었습니다. 회사 다닐 적에 기술연구부터 영업, 구매과, 총무과에서도 일했기에 병원 일을 두루두루 담당하고 있지요.

황구석 박사(67세)

5년 차 장난감 박사.

중공업계 기술 연구소에서 30년간 근무했습니다. 우연히 교육 홍보물을 보고 관심이 생겨, 장난감 박사 교육을 수료하게 되었습니다. 해보니 적성에도 맞아 장난감을 계속 수리하고 있어요.

차례

다가온 종착지

김종일

이사장

사람은 태어나 여러 과정을 겪으며
자신만의 삶의 결과를 만들어낸다고 생각합니다.
제가 장난감 병원을 운영한다는 결과를 내게 된 것도
삶의 요인들이 예기치 못하게 작용한 것이겠지요.

지금과 어느 정도 흡사한 면도 더러 있겠지만,
우리 나이대 사람들은 개개인마다 삶의 편차가
크게 존재했던 시기에 태어났습니다.

저는 운이 좋아 학교에 다닐 형편이 되었지요.
하지만 그 외의 삶은 대부분 비슷합니다.
남자는 군에 복무한 뒤 취업하고, 배우자 만나 결혼하고,
장남일 경우 부모님을 모시고 살고,
국가에서 정해준 대로 두 명의 자녀를 얻었지요.
그렇게 시간이 흘러 부모님을 여의고,
장성한 자녀들을 독립시키면서
그제야 비로소 본인의 일상을 보내게 됩니다.
그것이 대체로 65세 때 일어나지요.
그 나이가 되면 가정 살림을 지탱하며
생에 가장 긴 세월을 보내왔던 장소가
어느 종착역에 다다르게 됩니다.
이른바 '정년'이라는 것입니다.

인하공대에서 공학 교수로 약 35년간 봉직하며 살다
2011년에 정년퇴임했습니다.
과연 '정년(停年)'의 의미는 무엇일까요.
직업에는 나름대로 조건이나 환경 등의 영향을 받아
어느 특정 시기가 되면
그 자리에서 물러나야 하는 나이가 있습니다.
그것이 쉽게 풀어 말하는 '정년'의 의미겠습니다.

세상에는 멈추는 나이, 물러나는 나이,
응당 그러할 나이가 있다고 여겨졌지요.
그러나 막상 나이를 먹어 눈앞에 성큼 다가온
정년과 마주하게 되면 그것이 나의 인생에서
커다란 분수령임을 실감하게 됩니다.

실은 별다른 게 아닙니다.
정년퇴임이란 어느 날 나의 일상이 뚝 끊어지는 겁니다.
교수들은 '교수실'이라고 자기만의 방이 있습니다.
저도 제 방이 있었고,
그 당시 살아온 인생의 절반 이상을 그 방에서 보냈지요.
그런데 퇴임이라는 건
더이상 그 방으로 들어가지 못하는 겁니다.
다시 말해 내 갈 곳이 사라지는 것,
내 자리가 사라지는 것.
그것이 저에겐 정년퇴임의 의미였습니다.
어딘가 갈 데가 있고 할 게 있는 것이
얼마나 좋은 일인지,
그 방에 있을 때는 미처 알지 못했지요.

"평생 내 설 자리를 고민하는 것, 그것이 인생"이라는

경구처럼 60대가 되면서부터 지인들과 나누는 대화 내용은
항상 '나머지 인생을 어찌 보내야 할까'로 귀결되었습니다.
멈추는 나이라지만 인생은 그후로도 계속 남아 있고,
'나머지' 인생도 인생이라
새로 태어나 살아갈 계획을 세워야 했습니다.
종착역이 새로운 출발역이 된 셈입니다.
그러니 역에서 출발할 기차를 지어보기로 했습니다.

할아버지와 장난감

김종일

이사장

키니스 장난감 병원은 매년 조금씩 다르긴 합니다만,
장난감을 평균 만 개 이상 고치고 있습니다.
택배와 방문 접수로 병원에 들어오는 장난감 상자가
하루에 열 박스에서 열다섯 박스,
한 상자에 장난감이 최소 두 개씩 들어 있으니
하루에 스무 개에서 서른 개 이상 고치는 셈이고,
쌓이면 1년에 최소 만 개쯤 장난감을 손보는 겁니다.
평균 나이가 75세에 육박한 노인들끼리,

고개 들어 둘러보면 온통 다 장난감투성이인 공간에서
하루 일곱 시간씩을 보내고 있습니다.

그런데 여러분, '장난감' 하면 어떤 것들이 떠오르나요?
사람마다 떠올리는 게 비슷할 거라 생각하겠지만
실은 무척이나 제각각입니다.
누군가 장난감에 둘러싸여 있는 제게
'장난감이란 무엇이냐' 물어도
그 실체를 명확히 규정짓지 못하겠습니다.
장난감이 없는 세대였기 때문이에요.
물론 저도 어린 시절에 가지고 놀던 것들이 있습니다만,
해봐야 돌멩이나 나뭇가지 정도였지요.
하지만 요즘 아이들은 이런 것을 가지고 놀지 않잖아요.
정확히는 가지고 놀지도 못할 겁니다.
도시에서 그런 유의 장난감을 찾기도 어렵거니와
갖고 놀 공간도 마땅치 않으니까요.
그러니 사람마다 세대마다 장난감이란 가지각색이겠으나,
지금의 장난감은 더더욱 제게 생경한 물건이겠습니다.
장난감이 없는 세대로 태어나,
어쩌면 장난감의 실체를 완전히 이해하지 못한 상태에서
저는 장난감 병원을 만들었다고 할 수 있겠군요.

그럼 어쩌다 장난감 병원을 시작하게 되었나 싶겠지요.
저는 정년퇴임을 앞두고 이제부터 무얼 해야 할지,
어떻게 새로운 일상을 이어가야 할지를 고민했습니다.
맨 처음 막연하게나마 생각한 은퇴 후 삶의 뼈대는
'봉사'였어요.
하지만 봉사도 그 대상이나 방법이 참으로 다양하지요.
하고자 하는 일을 천천히 찾아가던 차에,
병원을 떠올린 이면에는 제 후배 교수가 있었습니다.
저보다 한참 어려 아직 은퇴까지 시간이 남아 있던
그 후배에게 어렴풋한 아이디어가 있었거든요.
"이런 게 있다는데, 한번 해보시겠어요?" 물어보더라고요.
그 아이디어란
'한국완구공업협동조합'에서 장난감을 기증받고,
그 가운데 고장난 것이 있다면 부품을 수리한 다음
장난감이 필요한 곳에 기부하는 것이었습니다.
그 당시에는 완구조합이 국내에 유통되는 모든 장난감들의
안전 적합성 조사를 도맡았기 때문에(지금은 아닙니다)
온갖 장난감이 그곳으로 모여들었습니다.
검사하는 데에는 두세 개의 샘플만 있으면 되지만
업체에서 혹시 모르니 재고를 넉넉히 보내오는 바람에
검사하고도 남는 장난감들이

처치 곤란일 정도로 많았다고 합니다.
그것을 위탁받아 활용하자는 말이었고요.
하고 싶은 '봉사'와 할 수 있는 '전자전기 공학' 즉 '수리',
이 두 가지가 머릿속에서 겹쳐지니 "옳다, 좋다!" 하며
뭣도 모르고 장난감 병원을 시작하게 되었지요.
공학하는 사람들에게 문제가 뭐냐면,
답이 하나만 있는 줄 안다는 겁니다.
예를 들어, 같은 물체로 수십수백 번 실험해도
변수가 없다면 나오는 결괏값은 늘 하나잖습니까.
그래서 얼추 공식이 세워진다 싶으면
그것이 유일한 정답인 줄 알지요.
덕분에 뒤도, 옆도 안 보고 이거 해야겠다 싶었습니다.
그 후배가 슬쩍 던진 찌를 덥석 물어버린 셈입니다.
(그 후배는 정작 은퇴 후에 다른 일을 하더군요….)

지금 와서 생각해보면 엄청난 대의가 있었다기보다
저는 그저 더 일하고 싶었던 것 같습니다.
제2의 창업, 취업이 아니라 그냥 두번째 일,
제가 할 수 있는 또다른 일을 찾고 싶었던 것뿐이에요.
다행히 할 수 있는 일과 하고 싶은 일이 잘 맞물렸지요.

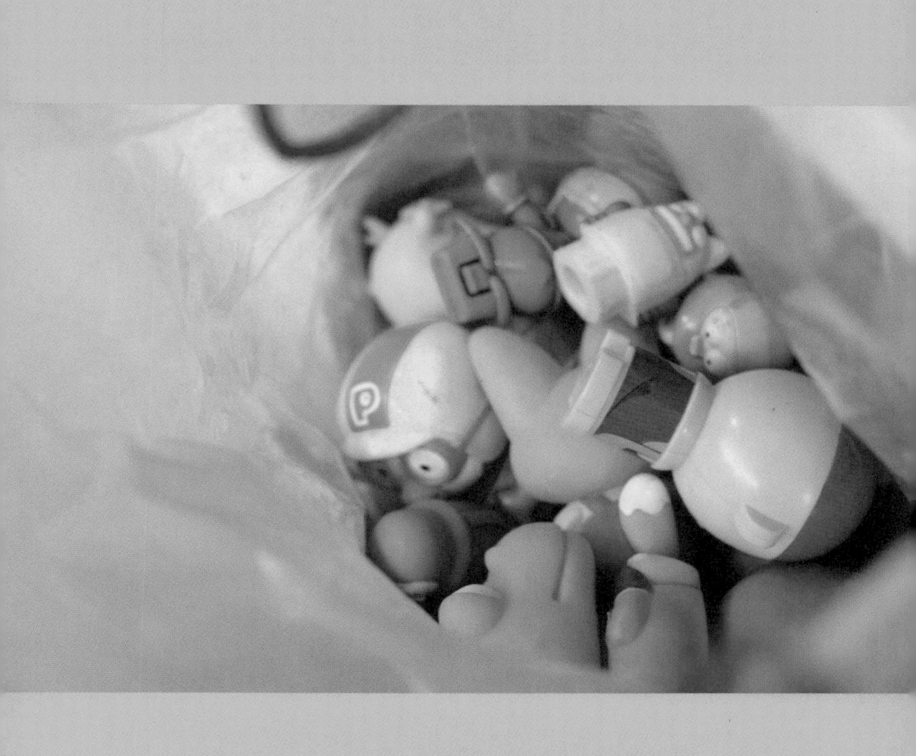

동심을 선물하는 병원

김종일

이사장

키니스 장난감 병원은 국내 최초의 장난감 병원입니다.

하지만 ‘장난감 병원’은 일본이 원조예요.

일본은 시스템이 잘 되어 있어서,

장난감 병원이 전국 곳곳에 있어요.

우리로 따지면 거의 지역구마다 있는 셈이지요.

그런데 우리나라는 장난감 ‘병원’이라는 말을

공식적으로는 쓸 수 없습니다.

‘병원’은 생명을 다루는 곳만 해당된다는

사회시스템 때문이지요.
참 바보 같은 생각입니다.
애들한테는 움직이면 다 살아 있는 것인데 말입니다.
우리 병원은 장난감 수리를 의뢰받을 때
어디가 고장이 났는지,
어쩌다 병원에 보내게 되었는지 등
기본적인 상황 설명을 요청드리고 있습니다.
이때 보통 사연이 이렇게 옵니다.
장난감이 고장났는데도 애들이 품에서 내놓지 않는다고요.
그러면 엄마 아빠가 이렇게 말해준다고 합니다.

“장난감이 아픈가봐. 너 아플 때 어디 가, 병원 가지?
장난감도 병원에 가야 하나봐.”

이렇게 장난감을 병원에 보내자고 설득하면
그제야 꼭 쥐고 있던 고사리손을 풀어낸답니다.
장난스럽게 지은 면도 있습니다만,
결과적으로 ‘병원’이란 단어는 잘 선택했다고 생각합니다.
아프면 병원에 가야 한다는 사실은
요즘 두 살짜리 아이도 다 아니까요.
그래서 장난감 병원은 ‘수리’보다 ‘치료’라는 표현을 씁니다.

키니스 장난감 병원 입원 치료 의뢰서

2024년 X월 X일

[신청자 기입란] **진료예약번호**: 78510XXXX (진료예약 시 사진 올린 곳의 앞자리 고유번호)

보호자	성명	키니스	자제 나이	아들(2) 딸( )
	주소	인천 청라 XXX 아파트 000동 000호		
	연락처	010-XXXX-XXXX		

장난감 1	장난감 명칭	심포니 오케스트라	특징/색	투명
	증상	빛과 소리 안 납니다.		
장난감 2	장난감 명칭	오리 물놀이	특징/색	흰색, 주황색 오리 모양
	증상	모터가 돌아가지 않습니다.		
장난감 3	장난감 명칭	뽀로로 자장가 사운드	특징/색	흰색, 하늘색 물방울 무늬
	증상	빛과 소리가 안 납니다.		
장난감 4	장난감 명칭	튤립 사운드봉	특징/색	
	증상	빛과 소리가 안 납니다.		
장난감 5	장난감 명칭		특징/색	
	증상			

편의점 택배는 송장 옆에 성명과 전화번호를 추가로 기입해주세요.

장난감 진료 접수카드

접수번호	24-	수리박사명	
소견			

우리 병원에 장난감을 맡길 때는
입원 치료 의뢰서를 작성해야 해요.
모든 병원에 접수처가 있듯이,
우리에게도 인터넷 접수처가 있습니다.
의뢰서 양식에 맞춰 어떤 '증상'으로 '진료'를 원하는지
적어서 제출해야 하지요.
그리고 여느 병원들처럼
아이들이 장난감을 갖고 오는 것을 '내원'이라고 하며,
당일에 돌아가지 못하면 '입원'이 필요하고
모든 치료가 끝나면 '퇴원'합니다.

유치한 역할놀이 같다 싶으신가요?
하지만 막상 아이를 키우는 보호자분들은
동심 가득한 환경에 녹아들어 있기 때문인지
생각보다 더 즐거워하며 적극 동참해주십니다.

"박사님, 우리 콩순이 좀 치료해주세요~!"
"우리 버스 살릴 수 있을까요?"

장난감을 마치 가족 대하듯 부르는 표현들이
술술 나오시는 걸 보면

근 10년간은 보호자분들도
어린이 못지않은 맑디맑은 동심을 자랑할 겁니다.

참고로 여기서 장난감을 고치는 분들은
서로를 '박사님'이라고 부릅니다.
실제 박사인 분들도 계시지만
병원에서 환자를 치료하니까 누군들 박사님이지 않겠어요.
더욱이 이곳은 우리나라 최초의 장난감 병원인 만큼,
6개월 이상 봉사하면 드리도록 정해놓은 게 있어요.
제가 만든 '장난감 박사 학위'입니다.
웬만한 병원 저리 가라지요?

어떻게 보면 장난감을 고친다는 건
그 물건의 사용 기간을 늘리는 것뿐일지도 모릅니다.
하지만 장난감이라는 것은
아이들이 세상에 태어나 처음으로 갖는
자기 소유의 애착물이니 그 의미가 상당히 큽니다.
그러니 장난감 수리는 아이들에게 단순 수리를 넘어
소중한 친구를 되찾는 일입니다.
한번 있다 없어진 물건을 찾게 되면 누가 가르치지 않아도
그 소중함은 저절로 배우게 되겠지요.

그 사실을 누구보다 부모님들이 잘 알기에 택배비를 내면서
애써 우리 병원으로 장난감을 보내주는 것입니다.

아, 환자가 살아 있는 생물이 아니라는 점 외에
일반 병원이랑 다른 특이사항이 또 있어요.
박사님들은 급여 없이 재능기부로 환자를 돌보고 있고,
왕복 택배비를 제외한 모든 치료비가 무료라는 점입니다.

이곳은 종합병원? 아니 야전병원!

이종균

장난감 박사

태엽을 감는 손잡이가 헛도는 오르골,
절뚝거리는 강아지,
조인트 파손으로 팔다리가 떨어진 변신 로봇,
바퀴 축이 파손되고 타이어가 빠진 자동차,
고관절이 골절되어 수술이 필요한 8등신 인형,
한쪽 눈이 빠져버린 악어,
들어 뉘어도 눈이 안 감기는 아기 인형 등등….
부상을 입고 찾아오는 장난감의 종류는 천태만상입니다.

질환과 상태에 따라 필요한 진료 과목도 가지각색이지요.

키니스 장난감 병원도 병원인 만큼
내과, 일반외과, 심장외과, 혈관외과, 안과,
이비인후과, 성형외과, 정형외과 등으로
진료과를 분류해볼 수 있겠습니다.
모든 과에는 각기 다른 애로사항이 있겠습니다만,
특히 정형외과 치료가 어렵습니다.
고난도 기술을 요하는 수술이 종종 있거든요.
수술 후에는 섬유류를 마무리하는 봉합 전문의로
우리 중에서는 젊은 축인 할머니 의사도 한 분 계십니다.
그 외에도 과마다 진료와 수술을 썩 잘하는
장난감 척척박사 선생님이 여럿이지요.
이제 우리 병원도 이름 있는 대학병원급으로 발전했는지,
지난 연말에는 BBC 뉴스 코리아에도 소개되었으니
참으로 어깨가 으쓱해지는 일이라 할 수 있겠습니다.
'종합병원' '대학병원'이라 표현했지만,
개인적으로는 이곳을 '야전병원'이라 표현하고 싶군요.

8년 전 처음 장난감 병원에 발을 디딘 순간,
적군의 정체가 도대체 무엇이길래, 얼마나 강력하길래

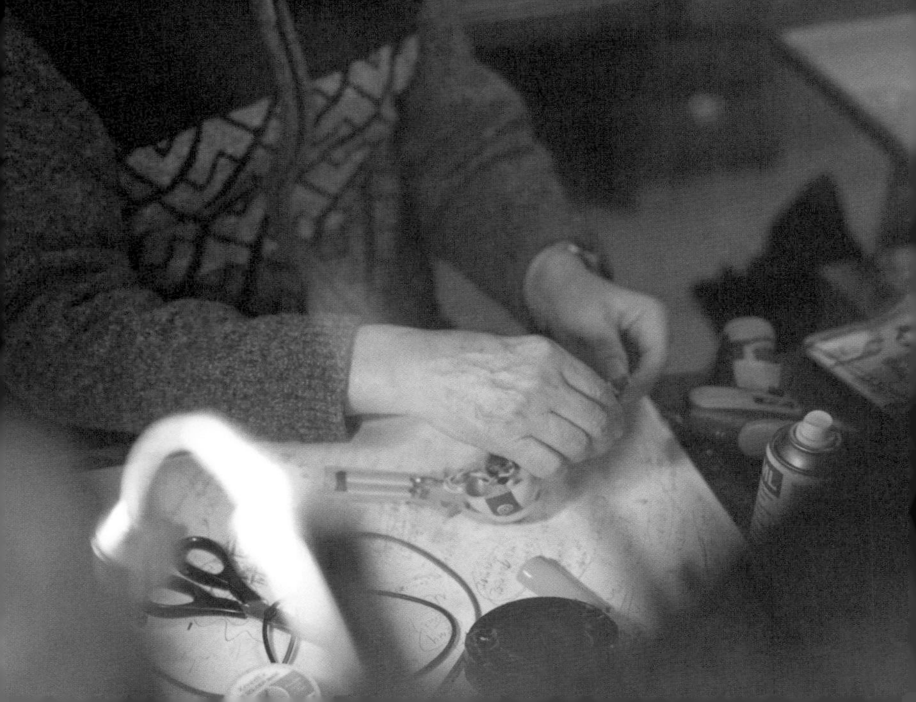

어쩜 이리도 처참한 부상병들이 많은가 싶었습니다.
(물론 여기서 적군이란 그 주인인 꾸러기들입니다.)
보급로가 막혔던 걸까, 건전지 식량을 받지 못해
적지 한가운데에서 멈춰 선 신병부터
한때는 노익장이었지만 끝끝내 관절이 시원찮아져
온몸이 삐거덕거리는 노병까지.
노쇠한 군의관의 손이나마 간절히 기다리고 있었지요.
처음에는 이 지옥도에 우왕좌왕 당황하기 일쑤였지만
저보다 오래된 전천후 베테랑들의 조언과
왜인지 전생처럼 느껴지는 이전 근무지의 경력으로
이제는 척 보면 척 하고
'방청윤활제 주사 한 방!' '납땜 봉합수술 시행!' 등등
재빠른 진단과 결정을 내리기도 합니다.
스스로를 '장난감 교수급 척척박사…'라 말하긴 좀 그렇고,
서당개처럼 어깨너머로 조금씩 경험을 쌓은 덕분에
다방면에서 그럭저럭 해내니 돌팔이는 면했다 자부합니다.
그런데 이 야전병원의 놀라운 점은
부상병을 업고 병원으로 오는 이들이 아군이 아니라
바로 그 적군이라는 겁니다.

"라이언 코가 떨어졌어요.

엄마가 병원 가야 한대서 데리고 왔어요.
불쌍해서 어제는 이불도 같이 덮고 잤어요.
선생님이 안 아프게 잘 붙여주세요."
"예, 잘 치료해서 퇴원시켜줄게요."

이렇게 하나같이 울상이거나 마음 졸이며
부상병을 살려달라 박사님들을 찾는
꾸러기 적군들이 있는 한 부상병은 계속 있겠지요.
제 전투는 아직도 끝나지 않았습니다!

'모두의 마음 = 봉사' 라는 수식 세우기

김종일

이사장

돌아보면 이 세상에서 참 많은 걸 받았습니다.
제대로 된 종교인은 아니지만,
세상에게서 받은 걸 좀 갚고 가야겠다는 마음이
한구석에 있었습니다.
저는 아홉 남매 중 여덟째로 태어나
65학번으로 대학교에 입학할 수 있었지요.
그리고 졸업할 때가 되어 사회로 나오니
또다시 감사하게도 일할 곳이 넘쳐났습니다.

나라 전체가 산업화 열풍을 맞이한 시대라
철강, 정유, 조선, 기계 같은 중공업 회사들이
우후죽순으로 생겨났으니까요.
월급을 반년 치 모으면
시내에 아파트 한 채를 살 수 있었습니다.
당시 인천에서 신혼집으로 13평 아파트를
단돈 100만 원에 샀던 것 같습니다.
지금으로서는 상상도 할 수 없겠지요.
운이 좋았고 감사할 일이 많았지만,
저 역시 한창때에는 나와 내 가족만을 위해 살았습니다.
제 주변을 돌아볼 새도 없이 바삐 살았는데
저멀리 떨어져 있는 남을 위해 살았겠어요.
하지만 이제는 그럴 여유가 생겼으니까,
조금이라도 갚고자 하는 마음으로 병원을 구상했습니다.
그리고 또다시 공학도의 버릇이 발동되었습니다.

공학의 세계에서는 절대적인 규칙이 있지요.
몇번째 법칙이니 뭐니 하는
어려운 지식을 말하는 것이 아닙니다.
실험으로 답을 찾는 이공계에서 무척 근본적인 것,
바로 '시간이 흘러도, 누가 해도

한번 도출된 실험 결과는 변하면 안 된다'는 것입니다.
무언가를 분석하고 실행해서 나온 결과가
나중에 다시 시도했을 때 변한다면
그 결과는 처음부터 답이라 할 수 없습니다.
다시 말하자면 여러 사람의 토론으로 결과를 발전시키면서
답을 '찾아가는' 인문학과는 다르지요.
공학은 어떠한 법칙과 규칙으로 인해
답이 '나오는' 것이고,
찾아간다면 오히려 그 원리를 찾아가야 하지요.
그렇기에 내가 한 실험을 타인이 하더라도
결과가 같아야 합니다.
반평생 공학을 배우고 가르치며,
몸에 인이 새겨진 이 공학도의 자세는
지금도 일상생활에 적용되고 있습니다.
당연히 병원 운영에도 반영되었지요.
즉 시간이 흘러도, 누가 하더라도
꾸준히 유지될 수 있는 병원이길 바랐습니다.
단순히 운영 방침을 촘촘히 세워서 될 일은 아니었지요.

장난감 병원은 아무도 시도해본 적 없는 일이기 때문에
혼자서는 시작할 수 없었습니다.

마음이 맞고 함께 힘을 나눌 누군가가 필요했지요.
더욱이 키니스 장난감 병원은
처음부터 비영리 봉사 단체로 구상된 곳입니다.
시간이 흘러도, 누가 하더라도 동일한 결과가 나오려면
봉사를 저와 똑같은 개념으로 받아들일
사람들과 함께해야 했습니다.
이곳의 취지를 명확히 설명하기 위해
먼저 '봉사'의 개념을 저만의 언어로 정의해보았습니다.

① 남는 시간에만 참여하는 게 아니라
부러 시간을 써가며 하는 것.
② 자기 주머니에서 어느 정도 경비가 나가는 것을
감수해야 하는 것.

저에게는 이 두 가지 조건을 충족하는 것이
곧 봉사였습니다.
이 조건을 함께 이해해줄 사람들을 찾기 시작했지요.
우선 1번 관점,
자기 시간을 쓸 수 있는 사람들이어야 했으니
저처럼 은퇴 후 봉사할 동료들을 먼저 찾아보았습니다.
개중에 함께 공학을 전공한 친구가 있었으나,

그들과 함께하기에는 망설임이 있었습니다.
단체를 결성하고 운영하기 위해 인원이 필요하긴 해도,
친구들만으로 구성하면
타인에게 진정성 있는 봉사 단체라기보다
'끼리끼리'라는 인상을 줄까봐 염려되었지요.
그래서 함께할 분들을 대개 외부에서 구하고,
2-3년 후배, 동기 둘 셋으로
초기 창립 멤버들을 꾸렸습니다.

단체를 설립한 후에는 기본 설비에 필요한 공구 구입,
병원을 개설할 만한 장소를 대여하는 데
비용이 필요했습니다.
모든 시작 비용은 2번 관점에 따라
제 주머니에서 나갔지요.
한 인터뷰에서 임의로 3,000만 원이 들었다고 밝혔는데,
사실 그보다 훨씬 더 많은 비용이 들었습니다.
그저 '봉사는 본래 내 시간과 돈을 들여야 한다'는,
앞에서 세운 공식대로 행동하면서 감수했지요.
물론 이렇게 많이 들어갈 줄 알았으면
함부로 시작하지 못했을 테지만요.
마지막으로 병원을 운영하면서 지키기로 한

또다른 약속이 하나 더 있었습니다.

'봉사하러 오신 분들의 점심을 사드린다.'

장난감 병원에는 현재 총 열두 명의 박사님들이 계십니다.
지점은 인천에 두 곳, 수원에 한 곳 있지요.
함께하는 분들은 모두 봉사하는 마음으로 이곳에 옵니다.
무보수 재능기부에 동의하신 분들입니다.
모두가 '봉사'의 개념과 원리를 하나로 맞추어
같은 결과를 낸 거예요.
그런 감사한 분들에게 점심 한끼 값은
단체에서 제공해야 마땅하지요.
하지만 이 약속을 지켜간다는 것이 얼마나 어려운 줄…
이 당시에는 알지 못한 채
당연히 해야 한다는 기준만 생각하고
병원 운영을 시작했습니다.

박사님들의 수업 시간

김기성

장난감 박사

박사님들이 처음부터 '박사님'이었던 것은 아닙니다.
설립하고 2-3개월간은 '얼렁뚱땅 박사님'들이었지요.
제대로 된 박사님이 되기 위해서
멀쩡한 장난감을 부수고 분해하고, 다시 조립하는 과정을
여러 번 반복하면서 원리를 공부해야 했습니다.
다행히 설립 당시부터 물밀듯이 들어온
새 장난감들이 많아 연습할 재료는 차고 넘쳤습니다.
이후 방문 의뢰를 받아 몇 차례 실전 수술에 성공하며

모두가 슬슬 자신감을 얻기 시작했어요.
그렇게 점차 작동 구조가 눈에 익고, 패턴이 익숙해지자
비로소 진짜 '장난감 박사님'들이 되어갔습니다.
하지만 공부는 끝이 없는 법.
1-2년간은 계속해서 자체 '장난감 워크숍'을 이어갔습니다.
초창기에는 우리들만의 공부 시간이었지만,
의뢰 수가 조금씩 늘어가고
우리 일에 관심을 갖는 사람들이 하나둘 생기면서
워크숍은 '장난감 박사 교육 프로그램'으로 자리했습니다.

이 프로그램은 매년 한 번 진행하는 일주일짜리 코스로,
이론 교육과 실습 교육으로 구성되어 있습니다.
목표는 최대 다섯 명의 장난감 박사를 배출해서
지자체가 운영하고 있는 장난감 무료 대여소에
장난감 수리기사로 취직할 수 있도록 돕는 것이지요.
'취직'이라지만 노인 인력 채용 지원비는 적기 때문에
사실 '소일거리 하며 용돈 벌기'에 더 가깝고,
공석도 드물어서 한 분만 겨우 취직할 때도 있습니다.
결국 장난감 치료는 재능기부에 가까울 수밖에 없으니,
어느 정도 봉사심으로 참여하려는 은퇴 후의 시니어들이
장난감 박사가 되기 위해 이곳 수강생으로 모여들지요.

찾아오는 분들은 중장비 운전기사부터 사무직 직원까지,
과거 직업이 초등학생들의 장래 희망만큼 다양합니다.
수업이 시작되면 전자나 공학을 전혀 모르는 분들을 위해
기초 교육으로 용접이나 납땜을 먼저 가르쳐드리고,
그다음 실제 장난감들로 실습하는 시간을 많이 갖습니다.
서툰 손길로 새로운 것을 배우는
예비 박사님들의 표정은 사뭇 진지합니다.
어찌나 집중을 잘하시는지 한참을 고개 숙이고 일만 하다
퍼뜩 허리를 펼 때면 곳곳에서 곡소리가 나곤 합니다.
그래도 마지막 수업 날,
당신들 손으로 고쳐낸 장난감들이 잘 작동하면
이제 막 직업을 찾은 사회초년생들처럼 활력이 넘칩니다.
이 뿌듯함과 즐거움이 남은 삶의 원동력이 되어줄 거라
확신하게 되는 순간이지요.

참, 종종 사업 모델로 '장난감 수리 센터'를 구상하며
우리 병원을 참고삼아 교육 문의를 주는 분들이 있는데요.
개인적으로 '이 일은 사업성이 없다'고
직언 섞인 진언을 하곤 합니다.
노동량은 상당한데 보수가 높을 수가 없습니다.
장난감 자체가 비싸지 않으니 수리비는 저렴해야 하고,

인건비를 충당한다고 높게 책정하면 의뢰가 끊기겠지요.

그러니 이 일이 봉사하기에는 참 좋은데,

마음을 수련하기에도 참 좋은데,

이리로 보나 저리로 보나

돈을 벌기에 적합한 일은 아닙니다.

하지만 봉사 단체로서 교육 문의를 주신다면

성심성의껏 상담해드릴 테니 편하게 우리를 찾아와주세요.

봉사하고자 하는 마음과 넘쳐흐르는 시간만 챙겨서요.

왓츠 온 마이 데스크 (what's on my desk)

이종균 장난감 박사

박사님들의 작업대에는 각종 도구들이 즐비합니다.
드라이버나 망치와 니퍼, 글루 건 등 일상적인 공구 말고
좀더 '박사님'스러운 공구들을 소개할까 합니다.
전기로 돌아가는 장난감이 작동하지 않는다면
기계 자체가 고장났거나 건전지가 닳은 것일 수 있지요.
또는 접합부가 더러워서 문제가 생긴 것일 수도 있어요.
문제를 확인하거나 치료하는 도구들을 보여드릴게요.

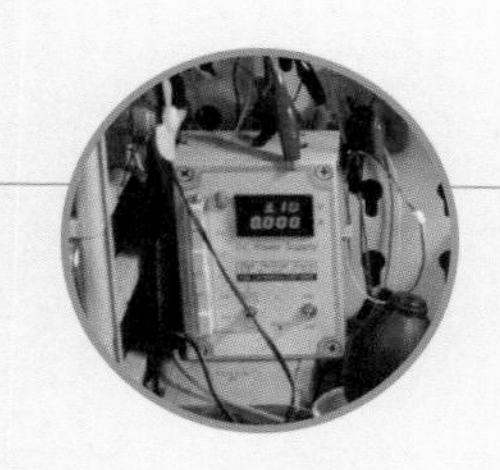

다기능 DC 파워 서플라이

장난감은 모델마다 전원 방식이 다르지만 대부분 전지로 돌아가고, 전지 개수에 따라 동작에 필요한 전압이 결정되지요. 건전지 문제인지 기계 문제인지 알아보려면 전지를 일일이 갈아끼우며 점검해야 하는데, 이 장비가 있으면 전지 없이도 임의로 작동시켜볼 수 있습니다.

원래는 장난감뿐만 아니라 전지를 사용하는 각종 가전제품의 전원도 테스트할 수 있는 기계예요. 하지만 1.5V-12V 사이에서 필요한 전압으로 쉽게 바꿔가며 사용하도록 제가 휴대형으로 개조해봤지요.

디지털 멀티미터

'DMM(Digital multimeter)' 또는 '멀티미터'라고도 불립니다. 장난감에 문제가 있다고 판단될 때, 전기회로를 진단하는 데 사용되지요. 전기의 기초가 되는 전압, 전류, 저항을 측정할 수 있고, 전압 종류인 교류와 직류를 구분하여 표시해줍니다. 전자기기를 다루는 사람들에게는 필수품입니다. 종류는 무척 다양한데 정밀한 고급형은 무척이나 고가라 연구실에서 많이 사용합니다.

아날로그 테스터기

앞서 보여준 디지털 멀티미터와 기능은 유사합니다. 다만 '아날로그'라 불리는 만큼, 대체로 2000년대 이전까지 널리 사용하던 측정기입니다. 직류 전압 및 회로 부품이 단선되어 있거나 누전되고 있는지를 확인할 때 사용합니다.

바늘이 움직여 표시되니 측정이 직관적이지만 고장이 잦고 정밀도가 떨어집니다. 하지만 익숙하게 사용하시던 분들은 아직도 이 기계를 선호하는 편이지요. 무엇보다 전기 기술자가 가진 '어려워 보이는 멋진 기계'의 정석 같은 느낌이고요.

윤활제

스위치 부근에 때나 녹이 끼어 접촉 불량이 일어나면 장난감이 멈춰버리지요. 이때 부품 사이에 윤활제를 바르면 작동을 매끄럽게 만들어줍니다. 병원에는 방청제와 윤활제 두 종류가 있습니다. 방청제도 기계 부품의 녹을 제거하거나 청소할 때 사용합니다만, 윤활제를 쓰면 효과가 더 좋고 스위치의 접점 성능도 오래도록 유지됩니다. 다만 방청제에 비해 가격이 3배 정도 비싸요.

박사님들에게 '키니스'는

김종일

이사장

병원의 이름인 '키니스(**kinis**)'는

'키드'와 '실버'의 합성어입니다.

키드(**kid**)의 '**ki**'를 따고, 실버(**silver**)에서 '**si**'를 뒤집어

'**is**'로 사용했습니다.

그리고 어린이와 실버 세대가 함께한다는 뜻으로

'앤드(**and**)'를 의미하는 '**n**'을 가운데에 넣었지요.

특히 '**n**'은 장난감을 매개체로

아이들과 노인이 함께 어우러진다는 것을 표현하기 위해

로고 디자인에서 로봇 형태를 띠고 있습니다.
실버 세대라는 것에서 눈치챘겠습니다만,
이곳 박사님들은 모두 이른바 '어르신'들입니다.
65학번만 세네 명, 60대가 한두 명 정도,
그러니까 반 이상이 일흔이 훌쩍 넘었습니다.
(다른 지점에는 취미 삼아 봉사하러 와주시는 여자분들 가운데
50대도 있긴 하지요.)
노인에게는 젊은 시절의 생업을 끝내고,
자신이 받은 것을 평생에 걸쳐 사회에 환원하는 것이
삶의 큰 목적이 되곤 합니다.
환원 방식 중에는 금전적인 것도 있겠지마는
자기 재능을 일부라도 살릴 수 있는 방식이라면
그게 어마어마한 보람이 되지요.
계속해서 무언가를 해내면서 성취감을 얻는 일,
게다가 그 일이
누군가의 어린 시절을 온전히 보존해주기까지 한다면
이만큼 가치 있는 일이 또 없지요.

무엇보다 저는 집에서 하루종일 빈둥대는 건
영 성미에 맞지 않았습니다.
그럴 때는 산책이나 나들이를 가면 된다지만

나이 먹은 사람들이 맨날 어떻게 바깥을 나가겠어요.
비 오는 날도 있고, 눈 오는 날도 있는걸요.
한 해가 지날수록 집 외에 어딘가
시간을 보낼 데가 있다는 것이 무척 귀하게 느껴집니다.
게다가 여기에 오면 커피도 마시고,
얘기도 나누며 사람들과 어울리지요.
우리 나이가 되면 외부 자극이 적어지니까 덜 움직이고,
여러모로 몸도 둔해지니 치매가 꽤나 걱정이 되거든요.
그런데 병원에서는 계속 사람을 응대해야 하고,
장난감을 고치려면 손과 머리를 쓰게 되니까
우스갯소리로 "우리는 치매 걱정 없네"라고 말하곤 합니다.
아이들에게도 의미 있는 곳입니다만,
우리 박사님들에게도 '키니스'는 소중한 장소입니다.

장난감 병원의 리플렛은
창립 시 준비한 초안에서 변한 것이 거의 없습니다.
주소를 제외하면 디자인과 내용이 그대로지요.
처음부터 무료 봉사였고, 지금도 그러합니다.
이제는 자리가 잘 잡혔다는 뜻이겠지요.
우리야 맨땅에 헤딩하듯 시작해온 일이에요.
좋은 뜻으로 시작한 일이지만

초반에는 공구랑 장비 마련한다고 고생깨나 했습니다.
그때만 해도 박사님들의 경험이 부족하니
기술도 지금만 못했고요.
하지만 요즘은 우리만의 노하우가 웬만큼 쌓였습니다.
이제는 우리 일을 권할 만한 여건을 만들었다고 봐요.
아이들에게는 영원히 장난감이 필요합니다.
이 중요한 사실에 비해 자기 장난감을 갖지 못하는 아이들이
여전히 전국에 많지요.
그러니 키니스 같은 장난감 병원이 많아졌으면 합니다.
아울러 그 어느 세대보다도 은퇴한 분들이
장난감 박사로 함께해주길 바랍니다.
간혹 기술이 없다고 주저하는 분들도 있는데,
와서 익히면 되니 큰 문제는 아니지요.
중요한 건 봉사하려는 마음, 그게 얼마나 진심인가랍니다.

무엇보다 저도 이제 팔순을 바라보는데,
뒤를 이을 사람이 필요합니다.
다른 지역에서라도 하겠다는 사람이 있다면
모든 수리 노하우를 전수해드리고 싶습니다.
저처럼 나이든 노인도 물론 환영이지만
60대 후반이면 창창하니 딱 좋을 거 같군요.

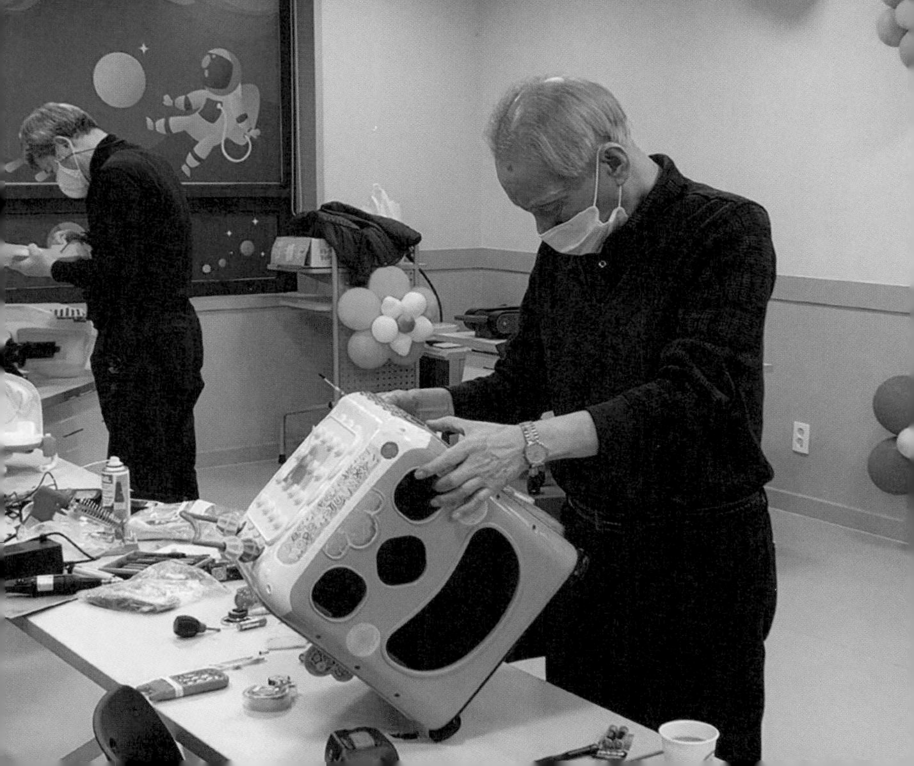

응급수술 1순위

원덕희

장난감 박사

"모빌 진료 가능할까요?"
"둘째가 태어나서 물려주려고 보니 소리가 나지 않아요."

병원에는 참 다양한 환자들이 들어옵니다.
이때 장난감 종류를 보면 아이의 연령대를
대강이나마 알 수 있습니다.
아이를 키워본 분들이라면 잘 알겠지만,
한 살 한 살 나이를 먹어갈 때마다

아이가 가지고 노는 장난감이 다 다르거든요.
박사님들은 입원 치료 의뢰서 속 아이의 연령과
입원한 장난감의 종류를 대조해가며 쌓은 지식 덕분에
지금 이 아이가 누워 있는지 기어다니는지 뛰어다니는지,
자기 취향(캐릭터)은 생겼는지 등등을 알 수 있습니다.
그래서 진료대 위에 놓인 장난감을 보고 있으면
'아, 너는 인생의 이러한 시기를 보내고 있겠구나…'
하는 상상을 문득 해보곤 합니다.
캐릭터 상품도 많이 들어오지만 잘 기억에 남진 않아요.
박사님들은 보통 그 친구들의 '속'을 들여다보니까요.

아이의 장난감은 휙휙 잘도 바뀝니다.
아이가 몸의 모양을 금방금방 부풀리는 것처럼
좋아하는 것도 금방금방 옮겨가니까요.
이렇게 성장 단계에 따라 아이들이 질려하기도 하지만,
그전에 장난감이 고장나는 일이 아주 흔합니다.
하지만 국내 장난감 업체는 해외에 공장이 있거나
수입해서 유통만 하는 경우가 많아
수리 서비스를 제공하지 못하는 곳이 수두룩합니다.
그러니 고객들은 고장이 나면 별수없이 버려야 하는데,
요즘 물가에 뭐라도 선뜻 새로 사기가 쉽나요.

그런데 병원에서 치료하며 종종 느끼는 거지만
솔직히 장난감은 고장이 안 나기가 힘듭니다.
요즘 장난감은 옛날 것과 달리 구조가 복잡해요.
전기로 작동하는 것이 많아,
내부 구조를 살펴보면 거의 전자기기에 가깝습니다.
하지만 값비싼 가전제품과 달리
아이들 물건은 다소 허술하게 만들어진 게 대다수입니다.
그 와중에 엎친 데 덮친 격으로,
장난감은 전자기기로서는 상상도 못할
극한의 상황에 처하지요.
마치 맑은 하늘에 날벼락을 만났다고나 할까요?
장난감은 물에 담가지고, 무언가 끈적한 것이 끼얹어지고,
벽이나 바닥에 처박히고,
심지어 반으로 동강이 나기도 합니다.
아기들은 뭐든 물고 빨고 던지잖아요.
그게 애들한테는 노는 거니까요.
그래서 진료 시간에 속을 열어보면
전기회로가 끊겨 있거나 건전지가 부식된 것이 많아요.
개중에는 애초부터 잘못 설계된 경우도 있어요.
공산품이라는 이유로 전부 똑같이 잘못 만들어진 탓에
자주 들어오는 동일한 증상의 환자들이 있는데,

완치 확률이 낮은 요주의 장난감들이지요.
그렇게 만들 수밖에 없는 이유가
어딘가에 있을지도 모르겠지만…
어쨌든 완치시켜보겠다는 마음으로
박사님들은 공구를 집어듭니다.

우리 병원에 가장 많이 들어오는 환자가 있습니다.
바로 모빌 장난감입니다.
전자회로가 없는 모빌도 있지만,
요즘은 자동으로 인형들이 빙빙 돌아가면서 노래도 나오고
때로는 아기들 잘 자라고 백색소음도 나와요.
모빌은 보통 아이가 태어나 내내 드러누워 있는 시기부터
뒤집고 기어다니기 시작할 무렵까지 사용되는데,
처음에는 빤히 쳐다만 보고 놀던 녀석이 조금 컸다고
빙빙 돌아가는 인형들을 손으로 잡아채
기어이 수명을 재촉시키거나 아예 파손시키기에 이릅니다.
잡지 않게 주의를 주어봤자 호기심이 왕성할 시기니
기어코 인형을 잡아 망가뜨리곤 하지요.
또는 그냥 오래되어서 고장나는 경우도 많습니다.
애들 물건이라도 요즘 것은 가격이 제법 되어서
둘째가 생기면 창고에 보관해두던 것을 다시 꺼내 쓰거나

주변에서 물려받아 쓰고, 중고로 사서 사용하니
전지가 접촉되는 단자에 녹이 잔뜩 슬어 있거나
먼지가 쌓여 모터가 돌아가지 않는 경우가 많습니다.
어떤 형태든 간에 결국 모빌은
가장 어린 아이들의 장난감입니다.
그러니 가장 먼저 고쳐야지요.
그맘때 아이면 부모들이 온종일 애랑 붙어 있어야 하는데,
모빌이라도 틀어줘야 그나마 엄마 아빠가
밥이라도 먹고 쉴 수 있을 테니까요.
그래서 언제든 응급수술 1순위는 모빌입니다.

참고로 가장 까다로운 환자는…
환자를 가려서는 안 되지만,
건반류 장난감과 놀이북 형태가 제일 난감합니다.
전자는 일일이 건반을 다 떼어내야 하고
후자는 전자회로가 내부에 있어,
페이지가 찢어지지 않게 뜯으려면 골치가 아프거든요!

신비롭고 아름다운 모빌의 세계

이종균

장난감 박사

키니스 장난감 병원에는 확실히 영아 돌봄 용품들이
제일가는 단골 환자들입니다.
노래하면서 율동까지 해내는 오만 가지 종류의 제품이
매해 몇천 개 넘게 들어오니까요.
그중에 병원 개원 이래 지금까지 가장 많이 다룬 모델로
대표적인 것이 '타○니 모빌'입니다.
이 장난감은 '국민 육아템'이라고 불린다지요.
스탠드 형식으로 세워두고 작동시키면

아기자기 알록달록한 인형들이
음악과 함께 빙글빙글 돌아가는 구조입니다.
어디에 '여기 타○니 전문 박사님들이 있다'고
소문이라도 났는지 가장 많이 의뢰가 들어오고,
실제로 누구보다 가장 잘 고칠 수 있다고 자부도 합니다.

조금은 어려운 얘기를 해볼까요.
'사운드가 풍부하다'는 평을 듣는 요즘 장난감은
스피커들끼리 전선이 잘못 연결되면
소리가 작아지고 음향이 어색해집니다.
그러니 이들을 치료할 때는 전선 연결에 신경써야 합니다.
그까짓 장난감인데 뭘 그리 까다롭게 굴까 싶겠지만
어린아이들의 청감 능력을 무시하면 안 됩니다.
저만 해도 끼 많던 사촌 큰형이 종종 틀어주신
축음기에서 흘러나오던 고복수의 〈타향살이〉,
남인수의 〈이별의 부산정거장〉이 아직도 기억나는걸요.
어린 시절에 들었던 음향이 지금도 떠오르고
그 많은 기술들을 거쳐 온
저의 경험을 바탕으로 생각해보면,
장난감은 가벼이 여기거나
함부로 대할 것이 아니라는 점을 깨닫습니다.

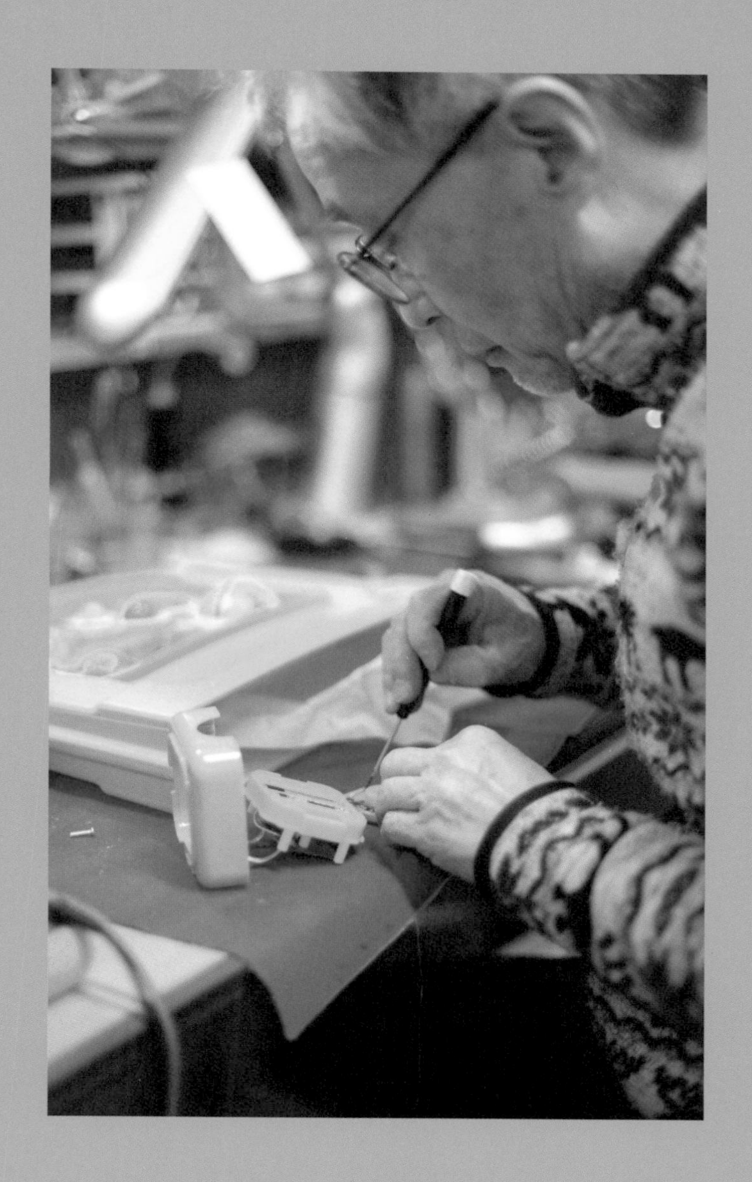

더군다나 한창 성장하는 나이대 아이들의 감각을
갖가지 유익한 자극으로 발달시키는 장난감이라면
생각을 달리해야 하지요.
아이들이야 알아서 잘 자라는 면도 확실히 있습니다만
여러모로 더 잘 성장하도록 옆에서 도울 수 있는데,
그 기회를 무심하게 넘기는 건
어른 세대로서 두고두고 아쉬워해야 할 일입니다.
그러니 어른들은 물론 박사님들은 아무쪼록
생후 2-3개월 영아들이 가까이서 듣는
모빌 소리의 효과가 엄청나다는 것을 염두에 두고,
수리할 때 전선 연결의 중요성을 꼭 까먹지 말아야 하지요.

이렇게 장난감의 중요성을 열정적으로 알리려 해도,
고작 장난감에 들어가는 기술이 뭐 그리 대단한 것이냐며
당나귀 이빨 빠진 소리로 콧방귀 뀌는 사람들이 있지요.
배울 만큼 배웠고 사회 경험도 많았을 어른들이
그런 가벼운 인식을 갖고 있는 걸 보면
한심하다 못해 괘씸합니다.
첨단 기술이 문화예술과 만나 선사하는 즐거움은
아이의 것이어도 어른처럼 똑같이
귀하고 섬세하게 대우해줘야 합니다.

그 경험을 향유하고 이후 더 발전시킬 새싹들이라면
응당 더더욱 귀하게 대접해야지요.
그럼에도 한낱 어린이 물건이라며 얕본다면 글쎄요,
이 사람은 아직 어른이 되기는 멀었구나… 생각합니다.

누군가를 응원하는마음

이종균

장난감 박사

"응원봉 좀 고쳐주세요 ㅠㅠㅠㅠ"

7-8년 전부터 가끔가다 한 번씩 병원으로
처음 보는 환자들이 들어오기 시작했습니다.
'응원봉'이라고 불리는 이 환자는
스위치로 불빛을 켰다 껐다 하는 형태로,
아이들 장난감이라 치더라도 구조가 너무 단순했지요.
알고보니 이건 장난감이 아니라

공연장에서 가수의 무대를 보며
그들을 응원할 때 쓰는 야광봉이었습니다.

키니스를 운영하면서 우리는 아이들의 장난감을 고칠 뿐,
가전제품 형태의 물건은 고치지 않을 생각이었습니다.
오락기기 같은 전자제품까지 의뢰를 받기 시작하면
그건 장난감 병원이 아니라
전자제품 수리점이지 않나 싶었기 때문입니다.
한 집단의 정체성은 한번 흔들리면
정상 궤도로 돌려놓기가 쉽지 않습니다.
키니스 장난감 병원은 그 이름과 함께
"장난감 무료로 고쳐드립니다"라는 문구와 로고에서
우리가 어떤 단체인지를 확실하게 밝히고 있었지요.
그런데 어째 응원봉을 고쳐달라는 문의 글에는
모두 'ㅠㅠ'라고 우는 표정이 붙어 있었습니다.
다들 이 응원봉을 고치지 못할까 걱정하며
각자 물건에 애착을 크게 드러내고 있었지요.
이 응원봉을 장난감으로 봐도 될지 잠시 고민했습니다.
하지만 얼마나 소중하고 절실하면
여기, 장난감 병원에까지 물어보러 왔을까 싶기도 해
반쯤 눈감아주는 마음으로 의뢰를 받기로 했습니다.

장난감 병원

Please always know that I love you
more than anything else in the world.

박사님들께

안녕하세요. 장난감 입원 치료 의뢰자
입니다! 제게 너무나도 소중한
추억이 담긴 응원봉을 고칠 수 있다는 곳이
있다고 들어서 이곳에 의뢰하게 되었습니다.
찾아보니 너무 좋은 일들을 해주시는 곳
인 것 같더라구요! 소문을 듣고 많은 분들
께서 찾아주신다고 들었습니다. 바쁘신
와중에 저의 의뢰까지 받게 되어 더
힘드시지는 않을까 걱정이 되네요ㅠㅠ..
항상 장난감 치료에 힘써주시고 많은
분들의 추억을 지켜주셔서 감사합니다!
제 응원봉도 다시 불빛을 되찾게 되면
정말 기쁠 것 같습니다. 항상 건강하시고
행복한 일만 가득하세요!!

그렇게 치료를 하다보니 관심이 생겨
이 환자에 대해 이것저것 찾아보게 됐습니다.
응원봉은 평균 4-5만 원으로,
가격이 제법 되는 만큼 공식 AS 센터가 있다고 합니다.
게다가 규모가 있는 공연이 열리면
응원봉 AS를 처리해주는 공간도 따로 있다더군요.
공연장에서 응원봉을 흔들며 가수에게 환호를 보내는 것이
요즘 젊은 친구들 문화에서는 익숙한 일인가봅니다.
중장년분들도 고가의 트로트 공연장에서
특정 색의 야광봉을 흔든다는 사실도 최근에 알았습니다.
근데 응원봉은 AS의 보증 기간이 비교적 짧고
오래된 제품일수록 수리 과정이 원활하지 않은 탓인지
우리 병원에 찾아오는 분들이 점점 느는 추세입니다.
2021년에는 9건이었던 문의가 2022년에 19건,
2023년에는 50건으로 늘어났습니다.
자신이 응원하는 가수가 활약할수록,
그들을 응원하는 마음이 오래갈수록,
그 마음을 신나게 표현할수록,
아마 병원을 찾는 응원봉 환자들도
더 늘어나지 않을까 싶습니다.

대체로 장난감은
‘어린이가 가지고 노는 물건’으로 생각되지요.
하지만 성인이 되고 나서도
그 시절의 추억이 깃들어 있는 물건을 소중히 간직한다면,
여전히 그 마음을 ‘동심’이라고 불러도 무방하지 않을까요.
그런 순수한 애정을 가진 어른이
우리에게는 어린이처럼 느껴집니다.
뭐, 실제로 우리보다는 한참 ‘어린 이’들이기도 하지요.

그러나 박사님들의 체력상
하루에 고칠 수 있는 장난감의 개수는 한정적이고,
병원은 (진짜) 어린이들을 제일 우선으로 삼고자 하니
계속 응원봉을 의뢰받을 수 있을지 확실치 않아요.

응원봉 수리기

응원봉은 물건 자체만 보면 구조가 무척 심플합니다.
전자회로와 전구,
그것을 지탱해주는 구조물로 구성되어 있어요.
부상의 유형은 크게 세 가지입니다.

첫번째는 음악에 맞춰 신나게 응원봉을 흔들다가
구조물이 파손되면서 전기 배선도 함께 단전된 경우.
이 경우에는 배선만 다시 연결해주면 되지요.

두번째는 회로의 부품 자체가 고장난 경우.
이때는 구조물을 해체해야 접촉 불량을 개선할 수 있는데,
종종 분해할 수 없어 치료를 포기한 경우가 많습니다.

마지막으로는, 역시나 그저 건전지 방전입니다.
방금 뜯은 건전지로 갈아끼워보세요.

예스 키즈 존 (YES KIDS ZONE)

김종일

이사장

오전에 출근하니,
장난감 병원 앞에 아이들이 타고 노는 자동차 장난감이
한 대 놓아져 있더군요.
이런 식으로 두고 가듯 기증하는 분들이 종종 있습니다.
그래서 겉을 꼼꼼히 닦고, 구동에 문제가 없나 확인한 뒤
한편에 잘 보관해두었지요.
마침 그날 오후, 한 아이가 부모님과 함께 찾아왔습니다.
미리 전화해서 방문 수리를 예약한 가정이었습니다.

"아가, 몇 살이야?" 하고 묻자,
갑자기 말을 걸어 놀랐는지 조르르 엄마 뒤에 숨더군요.
대답은 여느 때처럼 엄마에게서 나왔습니다.

"네 살이에요~!"

그다음 수순도 역시나 자연스럽습니다.

"자동차 좋아하니?"

꺄르륵거리는 웃음소리와 함께
자동차는 반나절 만에 그 아이의 집으로 떠나게 되었습니다.
시승해보니 몸집에 딱 맞고 다행히 장난감을 싣고 갈
진짜 자동차를 타고 왔다고 하니,
처음부터 이 친구를 만나러 온 장난감인 것만 같았습니다.
어른도 아이도 모두가 웃을 수 있는 이런 순간,
'이 맛에 운영하는구나' 또 한번 깨달았지요.
처음 병원을 운영할 때는
이런 순간이 있을 줄 몰랐습니다.
고장난 장난감을 수리해냈을 때의 성취감 정도가
이 일의 부수적인 보상일 것이라 생각했지,

아이가 주변을 돌아다니며 기쁨을 뿌리고 다닐 줄이야.
하지만 지금은 그런 것들이 병원 운영하기를 잘했다
절감하게 만드는 순간들입니다.
아이들의 방문을 막았다면 느끼지 못했을 행복감이에요.

장난감 병원은 아이들을 위한 곳입니다.
아이들이 마음껏 놀 수 있도록 도와주는 곳이지요.
실제로 엄마 손을 꼭 잡고 찾아오는 아이들이 많습니다.
장난감을 고쳐달라고 오거나
'아나바다 본부'*에서 장난감을 바꾸러 오고,
그냥 지나가다가 '장난감'이라는 말에 이끌려서도 오지요.
그러나 아이들이 마음껏 돌아다니기 위해서는
분명 어느 정도 규제는 있어야 합니다.
오롯이 안전에 대한 규제 말입니다.
박사님들은 작업대 근처에 아이가 다가올 때면
아무리 바빠도 작업을 멈춰서
혹 일어날지도 모르는 사고를 미연에 방지합니다.
그러고는 보호자에게 위험할 수 있으니

* 일종의 '장난감 물물교환' 장소입니다.
키니스 장난감 병원 맞은편에서 박사님들이 운영하고 있지요.
자세한 이야기는 105쪽에서 더 풀어보겠습니다.

아이를 챙겨달라 말합니다.
이렇게 아기들만이 아닌 어른과 함께하는 장소라면
보호자는 장소마다 갖고 있는 특성에 따라,
아이를 보호하고 관리할 의무가 있습니다.
타인에 대한 배려를 가르치기 위해
때로는 아이의 행동을 제지할 줄도 알아야지요.
아이와 함께 어딘가로 간다면
'서로의 배려를 위해 아이를 충실히 관리하겠다'는
마음이 보호자에게 전제되어 있어야 합니다.
실은 '노 키즈 존'도 비슷한 전제가 있는 것입니다.
가게 주인(어른)이 설정하는 규제로,
'보호자가 아이를 온전히 관리할 수 없다면
아이들에 대한 안전과 배려를 장담할 수 없다'는
선언이 전제되어 있지요.

하지만 아이가 위험하면 어른도 위험하고,
어른이 불편하면 아이도 불편합니다.
물론 자영업자들도 세상 쉬운 일이 하나 없다지요.
제 나이쯤 되는 세대가 한창 일하는 세대에게
가타부타할 생각이 없습니다.
다만 아이가 있는 공간과 없는 공간은

천지 차이라는 것을 절실히 체감하고 있다는 것,
어른들의 배려와 애정을 경험해본 아이는
훗날 사회에 그것을 되돌려줄 것이라
확신하고 있다는 것만은 분명합니다.

김종일 이사장님

오전 8시에 기상합니다. 나이에 비해 늦게 자거든요.
밤 12시까지는 깨어 있는 편이지요.
아내는 새벽 미사를 가기 때문에 더 일찍 일어납니다.
새벽 4시 반에 가서 8시 무렵에 돌아오면
9시쯤에 함께 아침을 먹습니다.

오전 10시면 병원에 도착합니다.
병원에 도착하자마자 인터넷 카페에 올라온
각종 문의 글에 댓글을 달아줍니다.
누군가 올려둔 사진과 사연으로 치료 확률을 확인한 다음,
가능성이 높으면 입원 치료 의뢰서를 작성해달라 합니다.
문의 전화도 제가 응대합니다. 일종의 안내 데스크지요.
그리고 중간중간 행정 일을 도맡아 합니다.
비영리 단체기 때문에 후원금 외에도
지원금을 신청하고 처리할 일이 의외로 많습니다.
만약 보호자들이 병원으로 찾아와 방문 접수를 하는 경우,

박사님들은 장난감 접수에 집중하시기 때문에
보호자와 함께 온 아이는 제 담당입니다.
아나바다 본부에서 원하는 장난감이 있으면
꺼내 선물해주고, 풍선을 불어주거나 사탕도 주지요.
일에 집중하시는 박사님들이 신경쓰이지 않게
조그마한 일들을 제가 다 도맡고 있는 셈입니다.
원래는 저도 장난감 수리를 하고 있었습니다.
하지만 이런 작은 단체여도 단체라고,
자잘한 행정 업무를 소홀히 할 수가 없습니다.
게다가 설립한 자격으로 이사장직을 맡고 있으니
책임질 일이 있으면 마땅히 제가 해야지요.

오후 5시,
정신없이 일하다보면 어느새 퇴근할 시간입니다.

김기성 장난감 박사

오전 네다섯 시에 기상합니다.
거의 오후 9시에는 잠자리에 드니,
아무래도 일찍 일어나요.
이른 시간에는 적당히 제 개인 시간을 보내지요.
그러다 오전 11시가 되면 출근합니다.

병원 오픈은 10시인데, 저는 11시부터 나오기로 했습니다.
나오자마자 바로 장난감부터 치료합니다.
하루에 들어오는 장난감이 많다보니
곧바로 치료에 투입되어야 합니다.
그리고 저도 행정 업무를 돕고 있습니다.
김종일 이사장님과 마찬가지로
자원봉사 단체로서 받을 수 있는 지원금을 신청하지요.
(참고로 받는 지원금은 거의 다 식비로 쓰입니다.
재료비로도 사용되지만, 식비가 주요 경비입니다.)
그 외는 오로지 환자와 대면하는 일을 합니다.
저는 이사장님과 같은 65학번으로 대학 동기예요.
처음부터 쭉 같이 일해온 친구다보니
이런저런 부담스러운 일을 결정할 때
제가 자주 상담 대상이 되곤 하지요.

그리고 오후 5시에 모두와 함께 퇴근합니다.

천정용 장난감 박사

오전 7시쯤 일어나는 편입니다.
집에서 식사하고 8시 40분쯤에 병원으로 출발하지요.
9시 15분 무렵, 병원에 도착합니다.

가장 먼저 병원에 출근하니 간단하게 주변을 청소하고,
밤사이 전국에서 배달된 박스들을 개봉해둡니다.
박사님들이 출근하면 바로 일할 수 있도록
장난감들을 안전하게 꺼내고
의뢰인과 장난감 정보가 적힌 태그를 붙여서
치료 대기 선반에 올려둡니다.
그렇게 태그가 붙은 채 선반에 놓인 장난감들의 모습은,
꼭 아침 일찍부터 대기표를 뽑고
진료가 시작되기를 얌전히 기다리는 내원객 같지요.
그래서 진짜 병원의 풍경처럼 보이기도 합니다.

오후 두세 시부터는 치료가 끝난 장난감들을
집으로 돌려보낼 시간입니다.
우선 치료된 장난감을 보고 어느 분이 무엇을 고쳤는가,
진료내역을 따로 기록하지요.
만에 하나 나중에 클레임이 걸려온다면
그 기록을 보고 박사님을 연결해드려야 하니까요.
그다음 조심스럽게 포장을 시작합니다.
배송중에 다시 고장나거나 파손되는 경우도 왕왕 있어서
이 단계에 신경을 많이 쓰는 편입니다.
송장을 출력할 때도 마찬가지예요.

주소와 전화번호, 이름을 여러 번 다시 확인합니다.

택배비가 착불인지라

정보가 잘못되면 기사님들이 난리가 나거든요.

오후 5시,

전국으로 보내질 박스들을 문 앞에 두고 퇴근합니다.

이종균, 심범섭, 원덕희 장난감 박사

택배를 담당하는 천정용 박사님이나

인터넷 카페를 관리하고 각종 대외 업무를 도맡는

김종일 이사장님, 김기성 박사님과는 달리

온전히 장난감 치료 업무에만 집중해야 하는

우리들의 병원 일과는 무척 단순합니다.

일어나서 오전 10시 이전에 병원에 도착하고,

점심시간이 될 때까지 오늘 들어온 장난감들을 고칩니다.

다 함께 식사를 해결하고 나서는

"이러다 내가 고장나겠습니다.

맥심 마시면서 한 바퀴 돌고 올게요"라는 농담과 함께

동네를 산책하며

뻐근해진 몸 구석구석을 풀어주다 돌아오지요.

그러곤 다시금 장난감 치료 삼매경에 빠집니다.

시간이 쏜살같이 지나가고, 오후 5시에
다른 박사님들처럼 뒷정리하고 퇴근하는 일상입니다.

박종태 장난감 박사

저는 본점에서 수리하다 서구점으로 파견되었기 때문에
서구점으로만 출근하고 있습니다.
운영 시간이 두 시간 더 길어서 오전 9시까지 출근하지요.

그 외에는 본점의 다른 박사님들과 동일합니다.
방문하는 보호자들을 응대하고,
웬만하면 당일에 퇴원시키기 위해
입원과 동시에 바쁘게 치료에 매진하지요.
본점의 일상과 서구점의 일상에 조금 다른 점이 있다면
이곳은 본점보다 공간이 넓어서,
치료 불가 판정을 받아 버려진 장난감들을 분해하고
쓸 만한 부품들을 재활용하는 작업도 활발히 이뤄집니다.

그리고 오후 6시가 되면 누구보다 빨리 퇴근하지요!

김기성 박사님의 수리노트

병원을 찾는 장난감들이 매일 쏟아집니다.
고치는 데 드는 시간은 장난감 별로 천차만별이고요.
복잡한 구조에 섬세한 작업이 필요한 것들은
치료가 하루 안에 끝나지 않을 때가 많아요.
3-4일이 걸리는 경우도 허다합니다.
그런데 어떤 건 복잡한 구조여도
단 20초 만에 완치하기도 합니다.
바로 건전지 관련 문제일 때지요.

여러분도 간단히 치료할 수 있는
건전지 문제 두 가지를 알려드리겠습니다.

건전지 수리기 ①

가장 먼저, 건전지가 방전되었는지 살펴보세요.
진료를 시작해서 장난감을 열어보면
건전지 수명이 다한 경우가 열 개 중 하나예요.

이때는 건전지를 바꿔 끼우기만 해도 멀쩡히 움직입니다.

그러니 여러분도 병원을 찾기 전,

꼭 건전지를 교체해보시길 바랍니다.

집에 있는 새 건전지를 넣었는데도 안 되나요?

그 건전지를 언제 구매했는지 확인해보세요.

건전지는 보통 한두 개씩 사기보다 묶음으로 구매하지요.

그게 더 저렴하니까요.

그리고 뜯어서 한두 개 사용하고는,

다음번에 필요해질 때까지 서랍 안에 보관하게 됩니다.

그 '다음번'이 1-2년 이내라면 큰 문제가 없지만

3년, 4년이 넘어갔다면 사용하지 않은 것이라고 해도

수명이 다했을 가능성이 높습니다.

포장된 상태로는 5년 가까이 수명이 보존되지만,

한번 포장이 뜯어져 공기에 노출되면

그 기한이 대폭 줄어듭니다.

모르시는 분들이 많은데 건전지는 포장 뒷면을 보면

'사용 권장 기한'이 있답니다.

그러니 구매하실 때나 사용하실 때는

제조연월을 확인하시는 편이 좋아요.

건전지 수리기 ②

새 건전지를 넣었는데도 작동이 안 된다면

건전지 입구에 녹이나 부식이 생겼는지 확인해보세요.

건전지에는 전해액이 들어가는데,

방전되거나 오래된 것은 종종 그 액이 흘러나옵니다.

그 액체가 산소와 만나 녹이 생기거나

스프링 단자 부분에 부식을 일으키는 겁니다.

그럼 새 건전지를 넣어도 전기가 잘 흐르지 않아요.

이렇게 부식된 부분은

철물점에서 파는 윤활제나 사포로 제거하면 됩니다.

사용하지 않는 장난감은 건전지를 빼두는 습관을 들이면

부식을 방지할 수 있습니다.

굉장히 간단한 방법이지요?

하지만 이 두 가지 원인으로 병원을 찾는 환자들이

생각보다 무척이나 많습니다.

병원으로 보내기 전에 먼저 확인해서 치료할 수 있다면

택배비와 시간을 아낄 수 있겠지요.

만약 모든 조치를 다 취했는데도 움직이지 않는다면,

그때는 우리 박사님들의 차례겠습니다.

장난감은 과학과 예술의 종합체

이종균

장난감 박사

시쳇말로 8학년 4반으로 진급하는

제 또래가 자랄 적에는

아버지가 낫으로 나무를 깎아 만든 팽이, 유리구슬, 동전,

형 책을 뜯어서 혼나가며 접어 만든 종이딱지,

어머니가 쓰시다 남은 헝겊조각을 감싸서 만든 제기,

고동껍데기, 손바닥 크기의 납작한 돌멩이,

작고 동그스름한 공깃돌, 나무막대기,

손재주 좋은 할머니가 봄철에 만들어주신

버드나무껍질 피리 등… 지금은 생각도 잘 안 나지만,
주위에서 구하기 쉬운 자연물이
거의 유일한 장난감이었을 겁니다.
'그 옛날 태곳적 원시인 아이들은 손도끼로 놀았을까?'
문득 실없는 생각도 해봅니다.

8.15 해방되던 해.
모두가 형편이 어려워 먹거리마저 걱정하던 그 시절,
어릴 적엔 장난감뿐만 아니라
간식거리로 먹을 만한 게 별로 없었습니다.
김장철 배추 꼬리 가운데 큼지막한 것을 꾸들꾸들 말리면
맛이 일품이었고,
어린애들에게는 그런대로 장난감이 되기도 했습니다.
어느 날 따듯한 부뚜막에 어머니가 제 몫으로 두신 것을
시댁 어른들과 김장하시던 육촌 형수가
출출하셨는지 모르고 드셨더랬지요.
네 살배기 어린이였던 제가
영문을 모르고 배추 꼬리 어디 갔냐고 울고불고 허둥대니
아버지가 보시고 뭔 일이냐 하셨습니다.
그 탓에 시집온 지 얼마 되지 않은 새댁이
어찌나 무안해하며 몰랐다고 하셨는지요.

시간이 지나 그까짓 배추 꼬리 하나 갖고 난리쳤다고
두고두고 추억거리로 놀리셨지만
나는 생각조차 나지 않습니다.
6.25 전쟁중이던 시절에는 박격포탄에 사용되는 장약으로
위험천만한 화약 놀이를 했습니다.
탄피를 가져다 장난감으로 쓰기도 했고요.
잘 알지 못하고 미련한 장난을 치다가
다치기도 부지기수였습니다.
국민학교 쉬는 시간에 여자애들이
"전우의 시체를 넘고 넘어 앞으로 앞으로…"
뜻도 제대로 모른 채 군가를 부르며
고무줄놀이하던 시절 이야기입니다.
책 이외의 모든 소지품이 금지되었던 5-6학년을 지나
휴전이 선언되었던 1953년 초에 중학교에 입학하면서
갖고 놀 만한 것도 없고, 형편도 변변찮아
국민학교 졸업과 함께 장난감도 졸업하게 되었지요.

지금은 어떠한가요.
그야말로 상전벽해, 민둥산이 빌딩 숲으로 변했으니
참으로 격세지감이 아닐 수 없습니다.
바야흐로 자동차 전성시대를 거쳐

최첨단 과학기술 시대를 맞이한 오늘날의 장난감은
그 자체로 과학이자 예술입니다.
장난감은 어린이의 몸과 마음 성장을 돕습니다.
말하자면 '한 사람을 어떤 어른으로 키워낼 것인가' 하는
심오한 철학이 들어 있는 것이지요.
이 말은 다시 말하자면
장난감 안에는 한 사람의 인생에 있어
중요한 한 조각이 들어 있다는 말이 됩니다.
장난감 속에 감춰진 나사 하나가,
건전지의 한 극을 연결해주는 든든한 단자 한 면이
우리 인생의 소중한 씨앗이 될 수 있고말고요.
저는 '장난감은 그냥 장난감이 아니다'라는 주제로
그 누구와도 깊이 있는 논쟁을 벌일 수 있습니다.
그만큼 장난감은 분야도, 종류도
헤아리기 벅찰 만큼 고차원적으로 구성되어 있고
외견은 복잡하면서도 미려하며,
고난도 기술로 설계된 제품이 파다합니다.
여태껏 키니스 장난감 병원에서 일하면서
처음 보는 희한한 장난감도 많습니다.
소재 역시 육, 해, 공 어디서든
상상이든 실존물이든 무엇이든 다 응용되지요.

3
충전중

3

섬유류, 합성수지, 석고, 고무, 금속, 나무 등
이 세상에 존재하는 모든 물질을 망라합니다.

최근 네 바퀴에 독립된 동력 장치를 갖고
제자리에서 돌거나 옆으로 가는 등 자유자재로 움직이는
최신 전기자동차가 라스베이거스 전시장에 등장했습니다.
그 모습이 TV에서 뉴스로 보도되는데,
10여 년 전인가 기술 교육 차 방문했던
분당의 모 연구소에서 본 풍경이 떠올랐습니다.
엉성하게만 보였던 고안 단계의 자동차가
이제는 생산 단계에 왔나 싶어 생경한 기분이 들더군요.
그 눈부신 기술을 발명하는 연구원들도
앞뒤로만 움직이는 장난감 자동차를 가지고 놀았겠지요.
틀어지지 않는 바퀴를 억지로 대각선으로 밀어대며,
이게 왜 안 갈까 답답해하기도 했겠지요.
이후 장성해 직접 바퀴의 가동 범위를 연구하는
어른이 되었을 거라 상상해본다면,
장난감은 과학적 상상력의 원천이라 할 만하지 않겠습니까.

장난감 없이 자라지 않도록

김종일

이사장

감사하게도 많은 분들이 병원을 찾아주시고,
여러 언론사에서 우리를 취재해가고 있습니다.
이렇게 책으로 병원 이야기를 쓰게 된 것도
다양한 곳에서 관심을 주신 결과겠습니다.
그러나 처음 문을 열었을 때부터 이러진 않았습니다.
그때는 아주 잠잠했습니다.
어떻게 병원을 알려야 하는지 홍보할 방법도 몰랐지요.
그래서 초창기에는 오히려 장난감 회사에 연락해보거나

장난감이 필요한 어린이 단체와 시설에 장난감을 기부하며
단체 이름을 알음알음 알렸습니다.
그러다 2015년, 인천 남구청에 5,000여 개의 장난감을
기부한 일로 이름이 크게 보도되었지요.
그리고 꾸준히 활동하니 서서히 관심들을 가져주시더군요.

이 일을 10년 넘게 하다보니 보이는 것들이 있었습니다.
장난감에도 '빈익빈 부익부'가 있다는 겁니다.
택배를 보내는 사람들 가운데는 장난감을 물려받거나
중고로 산 장난감을 고쳐서 쓰려는 분들이 많습니다.
그러다보니 어떤 것은 겉면을 보기만 해도
'네가 참 고생이 많았구나' 할 정도로
많은 아이들의 손을 거쳤다는 티가 납니다.
반면 여러 단체를 통해 기증받은 장난감은 정반대입니다.
지난번에는 어느 단체에서
미니카 수백 개가 든 박스를 세 개나 보내주셨는데
전부 새것이었지요.
어느 곳은 장난감이 흘러넘치는데,
어느 곳은 물려받아야 하는 상황인 겁니다.
아이들은 자신의 나이대에 맞는 장난감을 가지고 노는 게
정서에 매우 좋다고 생각해요.

생각과 가치관, 신체가 성장하는 것처럼
보고 듣고 노는 물건도 성장해야
즐거움을 더 잘 느끼니까요.
하지만 모든 아이들이 그 수순을 밟진 못합니다.

하루는 할머니 손을 잡고 지하상가를 지나가던 아이가
병원 앞에 쌓인 장난감들을 한참 들여다보더군요.
그래서 "이거 갖고 싶니? 비슷한 거 찾아줄까?" 물어봤는데
할머니께서 아서라 하며 손을 내저으셨습니다.
그러더니 작은 목소리로 제게 속삭이더군요.

"이거 하나 주기 시작하면 제가 감당이 안 돼요."

들어보니 장난감은 어린이날과 크리스마스날,
딱 두 번만 사주실 수 있는 형편이라고요.
여기는 장난감을 무료로 가져가도 되고,
고장나도 무료로 고쳐드리니 부담 갖지 마시라 말씀드리며
작은 장난감을 하나 찾아 손에 쥐여드렸습니다.
아이에게 직접 주시라고요.
그렇게 할머니께서는 아무 날도 아닌 평범한 날
손자에게 장난감을 선물할 수 있었습니다.

어린 시절에 가진 서러움은
어른이 되어서도 쉽게 잊히지 않습니다.
그래서 우리는 여러 방면으로 이름을 알리고,
그 결과 장난감을 기증해주시겠다는 분들이 나타나면
그 장난감을 마다하지 않고 모두 받습니다.
그때의 장난감들은 새것일 때도 있고
아이가 싫증을 내 갖고 놀지 않거나 훌쩍 자라
더이상 사용하지 않는 중고 장난감일 때도 있습니다.
종종 옷이나 신발들도 주시지요.
그렇게 기증받은 물품들은
박사님들이 일일이 문제가 없는지 확인합니다.
선물로 줄 것인데 고장이 나 있으면 안 되니까요.
간혹 불량인 제품이 있으면 다시 수리해둡니다.
그리고 어린이날이나 크리스마스에 기부하지요.
1년 동안 기증받은 장난감이나 수리를 마친 장난감들을
전부 모아보면 수백 개에 이릅니다.
장난감들이 가는 곳은 유치원이나 어린이집과 보육원,
어린이 재활병원 또는 지자체나 복지 단체 등입니다.
최근에는 인근 초등학교 '방과 후 교실'이나
'아이사랑꿈터'에서 자주 장난감을 요청합니다.
선심은 전국에서 보내주시는데,

기증은 저희 손닿는 곳까지만 보내드리니
죄송한 마음이 큽니다.

이렇게 선물을 받은 분들의 감사 인사는
종종 인터넷 카페 속 '후기' 게시판에 올라오곤 합니다.
그럴 때마다 마음이 무척 흐뭇합니다.
무보수로 일하는 거지만 사람들이 보내는 감사 인사는
때로 돈보다 훨씬 큰 보수가 되곤 해요.
처음에는 아이들의 장난감을 수리해서 돌려주는 것까지가
우리의 일이라고만 생각했습니다만,
어려운 가정형편 때문에 장난감이 없거나
모자라서 아쉬워하는 아이가 세상에 없도록
계속해서 장난감을 고쳐 선물하는 것이
지금 키니스 장난감 병원의 꿈입니다.

한 걸음 한 걸음 다른 세상을 만날 때까지

김기성

장난감 박사

세상에는 다양한 가정 환경이 있지요.
키니스에 치료를 의뢰하는 분들을
한 분 한 분 만나다보면
제가 경험하지 못한, 또는 상상도 못한
애로사항을 갖고 계신 분들이 많다는 걸
새삼 깨닫게 됩니다.
그 가운데 유독 마음이 가는 분들도 있지요.

제가 개인적으로 더 관심 있게, 특별히 신경쓰게 되는 건
장애아를 키우는 보호자분들의 의뢰예요.
그런 분들이 방문하거나 사연을 보내주시면
어느 방면으로든 도움을 드리고 싶습니다.
자세히 밝힐 일은 아닙니다만,
우리집 큰아이도 어려서부터 병원 생활을 많이 했습니다.
지금은 괜찮지만 대학에 들어갈 때까지는
1년에 몇 달씩 병원에 입원해야 했지요.
그 시절 병원에서 자고 일어나던 기억이 많이 납니다.
부모로서 응당 성심을 다했지만
여러모로 힘에 부칠 때가 있었지요.
아이에게 모든 애정과 관심, 신경을
끊임없이 쏟아야 하는 마음이 얼마나 고된지
충분히 이해하고 있습니다.
그러다보니 장애아를 키우는 분들이 찾아오면
뭐라도 도움을 주고 싶어요.
장난감 병원의 박사와 치료 의뢰인으로 만나게 되었으니,
장난감이라도 잘 챙겨주고 싶습니다.

어느 날, 자폐스펙트럼을 앓고 있다는 아이의 보호자가
홀로 병원을 찾아왔습니다.

의뢰를 맡긴 장난감은 걸음마 보조기였어요.
이제 막 걷기 시작한 아이들이
그 보조기를 붙잡고 아장아장 걷는 연습을 하지요.
앞판에는 온갖 버튼이 달려 있어서
아기자기한 효과음을 내는 장난감이었습니다.
그런데 소리가 나지 않아 병원을 찾게 된 것이었어요.
하지만 아무리 고쳐보려고 해도 수리되지 않더군요.
보호자분께 양해를 구하고
비슷한 장난감이라도 드리고 싶었습니다.
키니스 장난감 병원에서는 의뢰한 장난감 말고도
아이가 좋아할 만한 다른 장난감을 몇 개
같이 보내기도 합니다.
의뢰받은 장난감과 입원 치료 의뢰서 양식에 있는
아이의 정보를 이리저리 들여다보고 참고해서요.
치료한 장난감으로는 아이의 취향을 파악하고,
연령 정보로는 가지고 놀 만한 장난감을 결정합니다.
마침 비슷한 걸음마 보조기 형태에
버튼이 더 다양하고 화려한 장난감이 있던 차였습니다.
보호자에게 말씀을 드려보았지요.
그런데 아이가 질색팔색을 했다더라고요.
그거 말고 원래 가지고 놀던 것,

더 단순하지만 자기가 가지고 놀던 것을 원한다는 거지요.
정이 들었기 때문이었습니다.
자폐스펙트럼을 앓고 있는 아이들은
어떤 한 가지에 몰두해 고집하는 경우가 많거든요.
결국 보호자분은 감사한 마음만 받아가셨습니다.

끝까지 장난감은 고쳐지지 않았고,
작동되는 다른 장난감을 보내드리지도 못해 미안했습니다.
여전히 망가진 상태인 그 장난감이라도
다시 가지고 돌아가려는 보호자분에게 말씀드려서
장난감의 사진을 찍어두었습니다.
그 모델이 나중에라도 구해지면 곧 연락드리겠다고요.
근데 잘 구해지지가 않네요.
일전에도 비슷한 형태의 걸음마 보조기가 들어와서
'혹시 이건 어떨까요' 하고 연락해보았는데,
아쉽게도 같은 게 아니라고 하더군요.
시간이 좀 걸리겠지만 기다려보려고 합니다.
그 아이에게
더이상 걸음마 보조기가 필요하지 않을 때까지,
아이가 또다른 장난감 세상을 만날 때까지는
계속 찾아봐야지요.

아껴 쓰고 나눠 쓰고 바꿔 쓰고 다시 쓰자

김종일

이사장

입원을 위해 찾아온 장난감들 말고도,

병원의 맞은편에는 각종 장난감들이 가득합니다.

그곳의 이름이 앞서 슬쩍 등장한 '아나바다 본부'입니다.

요즘 어린 친구들도 '아나바다'를 아는지 모르겠네요.

IMF 금융위기가 터졌을 무렵,

국민들이 불필요한 지출을 줄이고 자원을 아끼기 위해

자발적으로 만든 캠페인에서 탄생한 문구입니다.

"아껴 쓰고 나눠 쓰고 바꿔 쓰고 다시 쓰자"를

줄여서 만든 슬로건이지요.
이러한 뜻을 그대로 가져다 쓴 것이
키니스의 '아나바다 본부'입니다.

설립하고 햇수가 넘어갈수록
기증된 장난감들이 예기치 못하게 점점 쌓이면서
병원에는 자리가 부족해지기 시작했습니다.
우리가 어린이 단체에 매년 장난감을 기부한다는 것을 알고
전국에서 여분의 장난감을 보내주신 덕분이었지요.
다만 박사님들의 동선이 복잡해지는 것은 문제였습니다.
찾아오는 보호자분들을 맞이할 공간도 산만해졌고요.
나름 창고가 따로 있어 짐을 일부 그곳에 두었지만,
마구잡이로 창고로 몰아넣자니 갈수록 분류가 어려워져
창고에는 단체에 기부할 장난감들만 넣게 되었습니다.
단체에 기부하기 애매한 장난감들은
어디에 보관해야 할까 고민하던 차에
이곳 지하상가의 상인회장인 이성문 회장님께서
우리에게 병원 맞은편 공간을 흔쾌히 내어주셨습니다.
덕분에 2019년, 치료가 완료되어 잘 움직이는 장난감들을
한곳에 보관한 것이 아나바다 본부의 시작이었습니다.
장난감의 평균 가격은 5만 원이 훌쩍 넘습니다.

인기 많은 캐릭터 상품은 10만 원에 육박합니다.
그런데 아이들은 싫증을 자주 내니,
보호자들의 고민이 이만저만이 아닐 겁니다.
고장이 나서 고쳐주는 것은 병원에서 해결해줄 수 있는데,
싫증이 난 것은 고쳐지지 않으니까요.
요즘은 중고거래가 무척 활발해져서
장난감이 곧바로 버려지지 않는다고 합니다만,
그래도 매해 버려지는 장난감 쓰레기가
무려 240만 톤이라고 합니다.
게다가 장난감은 거의 다 플라스틱으로 이루어져 있지요.
매년 플라스틱 폐기물이 800만 톤 발생하는데,
장난감이 그중 30%를 차지하는 겁니다.*
문제는 다른 플라스틱들에 비해
장난감은 복합 플라스틱이면서 조그맣지요.
그렇다보니 재활용률이 5%도 안 된답니다.
플라스틱이 분해되는 시간은 500년이 넘고요.
엄연히 아이들의 미래를 위협하는 환경 문제인데,
어린이들에게 한정된 문제라
어른들은 크게 관심을 가지지 않는 듯했습니다.

* 환경실천연합회 및 환경부 출처

우리가 할 수 있는 일이 있지 않을까 궁리했습니다.
답은 간단했습니다. 버려지지 않게 하면 되겠구나!
자신은 질렸더라도 멀쩡한 물건이라면,
다른 멀쩡한 물건으로 바꿔 가면 그만 아니겠어요?
그래서 새로 마련된 장소를
그저 장난감 보관소로 끝내지 않고
그 이름을 '아나바다 본부'로 짓게 되었습니다.
보호자의 손을 잡고 병원을 찾아오는 아이들이 많으니,
스스로 물건을 바꿔 쓰는 경험을 만들어주는 것이지요.
알뜰한 경제 경험도 되고, 자원도 아낄 수 있으니
그야말로 일석이조의 효과 아니겠습니까.

날마다 다르지만 대체로 매일 두세 명의 어린이가
보호자와 함께 키니스 장난감 병원을 찾아옵니다.
보호자가 장난감을 들고 박사님과 이야기 나눌 동안,
저는 아이와 함께 다섯 발자국 떨어진
아나바다 본부로 향합니다. 그리고 물어보지요.

"여기서 맘에 드는 거 있니?"

그럼 아이는 썩 진지하게 고민합니다.

1.2.3 GO!

곧 아이가 자신만의 친구를 찾아내면
곧장 그 품에 안겨주지요. 그리고 말합니다.

"나중에 재미없어진 장난감이 생기지, 그땐 여기로 가져와.
그럼 다른 걸로 바꿔줄게."

그럼 알아들은 것인지 흘려듣는 것인지 몰라도,
아이는 고개를 끄덕입니다.
아무래도 박사님과 입원 절차를 밟는 데 여념이 없는
보호자에게 이 공간을 다시 한번 소개해야겠지만
저는 아이에게 직접 말을 거는 것을 좋아합니다.

기후 위기라는 말이 곳곳에서 들리고 있습니다.
어른이 만들어놓은 위기를
아이가 고스란히 떠안게 되었습니다.
개개인의 힘으로 극복할 수 있는 범주의 문제가 아니니
아나바다 본부가 얼마나 큰 영향이 있겠냐마는,
이 아이가 얻은 작은 경험이 훗날 스스로는 물론
주변의 환경도 돌아보고 챙길 수 있게 돕는다면
더할 나위 없겠습니다.

출장 치료 나왔습니다

이종균&천정용

장난감 박사

이종균 장난감 박사

몇 해 전 화창하던 초여름.

지방의 어느 어린이집 요청으로 봉사 형식을 빌려

세네 명의 박사님들과 장난감 출장 수리를 나갔습니다.

그곳에 도착하니 서너 살짜리 아이들이

어린이집 선생님의 안내에 맞춰 우리 앞으로 몰려왔지요.

스스로를 '해님' 반이라 소개하고 나란히 서서 모여 있으니

올망졸망 꼬마들의 발톱이 반짝반짝,

앙증스럽고 귀여운 서른 개 맨발가락들이
눈에 들어왔습니다.
'무릇 사진장이라면 요런 모습은 찍어야 돼' 하고
사진 생각이 났지만, 사진은 순간의 예술.
둔한 몸짓으로는 찰나를 포착할 준비가 안 되니
그 순간은 순간으로 흘려보내는 수밖에요.

이 아이들을 보니 불현듯 40여 년 전
제대로 보살펴주지도 못했던
어릴 적 우리 삼 남매가 떠오릅니다.
막내 녀석은 네 살 무렵 주머니 속에 삐죽삐죽한 쇳조각을
가지고 다니며 놀았습니다.
뾰족한 못에 소중한 손주 혹여 다칠세라
할머니께서 빼앗았지요.
제 딴엔 갖고 놀 변변한 장난감도 없는데,
그나마도 압수당했으니 얼마나 서러우랴.
닭똥 같은 눈물만 흘렸습니다.
그래도 심통은 안 부렸으니 어찌나 착한 막내였는지요.
그런 시절이 있었기에 지금에 감사할 수 있는 거겠지만
문득 아무것도 없어 서러웠을 그 마음이 짠합니다.
그 마음, 오늘날 다른 아이가 느끼지 않기를 바라며

출장을 갈 적에는 최대한 많은 양을 치료하고자 하지요.
출장 수리를 하는 동안
아이들은 박사님들 곁에서 멀찌감치 떨어져 있습니다.
옆에서 조잘대는 소리를 듣고 싶긴 합니다만
우리가 다루는 공구나 부품 때문에 자칫 위험할 수 있으니
선생님들께 아이가 가까이 오지 못하게 해달라고
양해를 구합니다.
네다섯 시간의 수리가 끝나고 나서야
다시 마주하게 되는 맨발가락들.
제 주인의 품을 되찾은 장난감들도 발톱만큼 반짝입니다.
"감사합니다!" 하고 휘청일 정도로 허리를 깊게 숙여
인사하는 녀석들의 목소리는 더욱 반짝였지요.

천정용 장난감 박사

코로나19 바이러스가 세상을 휩쓸기 전의 어느 봄날,
춘천의 한 축제조직위원회에서 의뢰가 들어왔습니다.
어린이날을 맞아 열리는 축제에 자리를 마련해줄 테니
아이들이 들고 오는 장난감을 치료해달라는 거였습니다.
박사님들은 필요하다면 기꺼이 어디든 가지요.
차 한 대로 네 명의 박사님과 함께 장소로 향했습니다.
출장이라고 근무 시간이 줄어들지는 않습니다.

병원에서처럼 오전 10시부터 오후 5시까지 수리하지요.
춘천의 경우, 이틀이었던 축제 양일 모두 참석했으니
주최측에서 준비해준 숙소에서 하룻밤 자고 오는
1박 2일의 여정이었습니다.

병원 실내에서 근무할 때도
보호자와 함께 온 아이들을 자주 만나볼 수 있지만
직접 만나러 찾아가는 아이들은
바깥에서 햇빛을 받아서일까요, 유독 더 밝게 빛납니다.
병원을 지켜야 하기 때문에 매번 나갈 수는 없지만
손이 닿는 대로 아이들을 계속 만나러 가고 싶습니다.
그런데 코로나19 바이러스가 발발한 이후로
한동안은 출장을 가지 못했어요.
수리하는 동안 아이들이 옆에 붙어 있는 것은 아니지만
외부인이 지역을 넘나들거나
감염에 취약한 어린아이들과 접촉하는 것은 위험하니까요.

3년 만에 팬데믹이 끝나고 일상으로 돌아왔으니,
다시금 그 맑은 얼굴들을 보러 가고 싶습니다.

장난감계의 광역외상센터

이종균

장난감 박사

'여기가 이국종 교수가 있는 광역외상센터인가….'

키니스 장난감 병원에 입원하는 장난감들을 보면
절로 이런 생각이 듭니다.
오늘은 어디서 대형 교통사고라도 당했는지
사지가 모두 떨어지고 내장 파열에
꼬리뼈까지 깨져 만신창이가 된 공룡이 들어왔습니다.
원래는 전자식으로 움직이는 녀석이라 하니,

우선 심장이 성한지 확인해보았습니다.
개복해보니 심장 혈관이 끊어져 있길래 재연결했지요.
그러자 무사히 바이탈을 회복합니다.
그다음 깨진 팔다리의 조인트를 새로 만들어주고
꼬리뼈도 복구했습니다.
마지막으로 조립하려는데 난관에 봉착했습니다.
결합점이 어설프게 파손되었는지
잘 붙지를 않는 것입니다. 결국 다시 보완 후 결합합니다.
자, 이제 모든 치료가 끝났습니다.
재활 확인 차 '한번 움직여보세요' 해보려는데
아뿔싸, 리모컨이 안 왔네요.
이러면 제대로 고쳐졌는지 확인할 수가 없습니다.
하는 수 없이 보호자에게 양해의 연락을 구합니다.

"치료는 끝났는데 리모컨이 안 와서 작동해볼 수가 없네요.
보내시려면 택배비가 또 드실 텐데 어떻게 할까요?"

박사님들의 병원 일을 힘들게 하는 것들은
종잡을 수 없이 많습니다만
몇 가지를 정리해보자면 아래 녀석들이 대표적입니다.

① 아주 정교하면서 복잡하고
게다가 매우 조그마한 부품으로 구성된 유형
··· 눈이 아프고, 손가락에 쥐가 날 수 있음

② 어떻게 분해해야 하는지,
작동 원리조차 파악이 안 될 정도로 난해한 유형
··· 머리에 쥐가 날 수 있음

③ 볼트로 조립되지 않고 접착제로 결합되어 있는 유형
··· 분해할 때 손가락이 물려 물집이 잡히거나
팔이 아플 수 있음

대체로 위 유형들이
치료 난도가 조금 높은 환자 유형들입니다.
그래도 1번이나 2번의 경우는
어려운 만큼 치료했을 때 그 성취감이 말도 못합니다.
다시 조립해서 작동시켰을 때 제대로 움직이면
저도 모르게 함박웃음을 지으며 박수가 쳐지지요.

세 가지 유형과 별개로
독특하게 애를 먹는 경우도 있습니다.

EML

어느 날 서양 영화에서 존 웨인이 쓰던
장총 모형의 장난감이 들어왔습니다. 산산조각이 나서요.
어떻게 놀았으면 이렇게까지 고장이 나나 했더니,
아이 아빠 또는 아이가 고쳐보겠다고 호기롭게 분해했다가
치료에 실패한 것이었습니다.
멋들어진 장총의 원형은 온데간데없이
비닐봉투에 주섬주섬 담긴 채 병원에 실려왔지요.
어떤 장난감이든 고장 원인을 파악하고 수리해야 하는데,
이렇게 분해된 채로 만날 경우
조립 상태를 해석하고 맞추기가 퍼즐과 다름없습니다.
그나마 로봇은 부품이 대칭인 경우가 많아 수월하지만,
대칭 모양이 거의 없는
무기 종류의 장난감들이 애를 먹입니다.
그러니 딱 봐도 조립 부품이 복잡한 것은
분해 순서를 동영상으로 남겨두는 것이 안전합니다.
나중에 조립할 때 그 자료를 참고해가며
정신을 제대로 차리면 실수가 없지요.
참고로 부품이 빠짐없이 와야 온전한 치료가 가능합니다.
풍비박산 상태여도 부품이나마 모두 들어오면
이리저리 모양을 확인하며 짜맞추기라도 할 테지만,
일부 부품이 빠진 채로 입원하면

그냥 시간만 허비하기 일쑤니까요.

고장 아닌 고장도 많습니다.
건전지를 갈기만 하면 되는 유형이 그렇습니다.
언제 한번은 멀쩡하게 잘 동작하는 고양이 녀석,
건전지 문제인 줄 모르고 괜히 분해했다가
애꿎은 앞발 장갑 한 짝을 분실했습니다.
아무리 찾아도 그 조그만 장갑은 결국 행방불명.
별수없이 쪽지에 미안한 사연을 적습니다.
저 역시 속상한 마음에
"전지만 갈면 되었는데, 고양이 장갑만 잃어버렸습니다!"
이렇게 쪽지에 적었다가 다시 씁니다.
점검 수칙을 안 지킨 제 죄이지요.
처음부터 파워 서플라이로 전기를 임의로 공급해
기계에 제대로 전류가 흐르는지
확인해봤다면 간단히 해결됐을 것을!

제 아무리 명의라 해도
언제나 성공적인 수술만 있을 순 없겠습니다.
더욱이 자꾸 깜빡거리는 탓에 자잘한 실수까지 나오면
진료 및 수술대가 한시도 여유로울 틈이 없습니다.

하지만 이마저도 경험이라고, 이제는
'이런 실수를 자주 반복하니까 좀더 신경쓰자',
'이걸 빼먹을 때가 많으니 잘 보이는 곳에 두자' 같은
예방책도 박사님들마다 제각각 잘 세워두고 있으니
여느 병원처럼 살짝 긴장감마저 도는 것은
어쩔 수 없는 분위기 같습니다.

이종균 박사님의 수리노트

관절인형 수리기

바비, 포카혼타스 등 8등신 인형들도
고관절 부상으로 가끔 병원을 찾습니다.
하체가 헛돌거나 펴지지 않는 증상이지요.
수술하려면 공주님 드레스를 벗는 것은 물론,
사지를 분해해야 합니다.

만약 볼트가 아니라 접착제로 부위를 접합시킨 경우,
분해할 때 도끼로 장작을 패듯 이음새에 끌을 대고
망치로 때려 부품끼리의 틈을 벌려야 합니다.
아마 아이가 본다면 기겁할 장면이겠습니다만
필요하다면 하는 것이 병원의 도리.
그렇게 쐐기를 박아가며 수리할 수 있을 만큼 벌어지면
안전하게 해체하지요.
옆자리 김 박사님께서 요즘 인형들 너무 정교하니
인형이래도 함부로 옷을 벗기기가 민망하기 그지없다며

실없는 농담 한마디를 던집니다.

뭐 옷이 문제가 아니라 사지를 절단 내는 게

더 미묘한 일 아니겠나 싶습니다만….

어찌 되었든 파손된 4mm 굵기의 골반 조인트 봉에

1.5mm 볼트를 깊게 삽입하여 강도를 높여놓습니다.

그다음 분해할 때 난 상처를 고르게 손질하고,

되도록 깔끔하게 강력접착제로 다시 봉합합니다.

그럼 공주님들도 퇴원 준비를 마쳤습니다.

치료가 되지 않을 때도 있어요

김기성

장난감 박사

우리 병원도 나름대로 접수 절차를 갖추고 있습니다.
진료를 받으려면 우리가 운영하는 인터넷 카페에
입원 치료 의뢰서를 보내주어야 하지요.
하지만 그전에 먼저 장난감의 사진을 첨부해
게시물을 작성해주셔야 합니다.
그래야 우리가 사전에 받아볼 장난감이
어떤 구조인지 판단할 수 있고,
이후 퇴원할 때 혼선 없이

보호자에게 되돌아갈 수 있기 때문이지요.

“아이가 너무 좋아하는 물건이라 꼭 좀 부탁드릴게요.”
…→ “위 모델은 수리가 불가능합니다.”
…→ “위 장난감의 경우 치료 확률이 낮습니다.”

사실 키니스에서는 접수된 모든 환자를
다 받고 있지는 않습니다.
입원 의뢰 게시물을 병원에서 확인하면
‘그럼 이제 의뢰서를 작성해주세요’ 하고 댓글을 다는데,
위 예시처럼 ‘수리 불가능’ 판정을 내릴 때도 있습니다.
사진과 내용을 보고 치료 확률이 70% 이상인 것만
입원을 받기 때문입니다.
이제는 경력이 10년이 넘어가니 사진만 보아도
이거는 수리 가능성이 몇 프로인지 확률이 보입니다.
그래서 게시물을 보고,
치료 확률이 높은 것만 보내달라고 합니다.
수리는 무료지만 택배비를 부담받기 때문이에요.
치료가 안 될 경우
기다리는 아이들에게 실망감을 주고 싶지 않기도 하고요.
병원에 간다고 해서 안심했을 텐데,

치료되지 않았다는 말을 들으면 얼마나 속상하겠어요.
때로는 치료 가능성이 희박하더라도
꼭 한번 봐달라고 말하는 의뢰인들도 있습니다.
그럴 경우에는 택배비 부담에 대해 설명드리고
치료를 시도하긴 하지요.

아무리 박사님들이 공학을 전공했어도,
공업고등학교에서 수업을 했어도, 손재주가 좋아도
모든 장난감 수리가 쉽지만은 않습니다.
다행히 병원 설립 초기에 들어오던 장난감들은
대체로 단순한 것들이 많았습니다.
다만 10년 전에 고쳐본 장난감이라고 해도,
박사님들의 실력이 월등히 좋아졌어도,
그때와 같은 모델이 지금 들어온다면 훨씬 낡았을 테니
고쳐질 확률이 점점 떨어지는 것도 사실입니다.
더욱이 장난감 회사들은 같은 유형의 장난감이더라도
새 장난감을 출시할 때
기능이나 구조를 조금씩 바꾸어서 만듭니다.
그럼 작동 원리 가운데 어디가 달라졌는지를
처음부터 다시 찾아내야 하니 수리가 좀더 힘들어집니다.
그건 이제 박사님들의 역할이겠지만요.

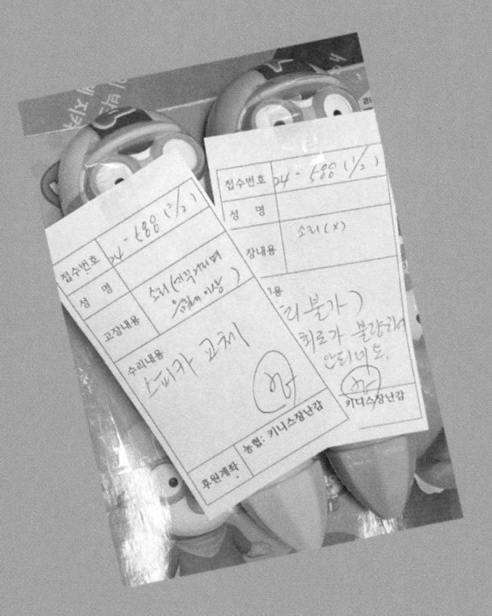

접수번호
성 명
고장내용
수리내용
스피카 교체
후원계좌
농협: 키니스장난감
접수번호
성 명
소리(X)
키니스장난감

키니스의 모든 진료는 실명제로 운영됩니다.
장난감을 담당하게 된 박사님이 수리를 마치면
접수 카드에 직접 서명을 하지요.
만약 고치지 못하게 되면 서명 아래에 이유를 덧붙입니다.
병원이랑 똑같습니다.
'담당의'가 생기는 셈이니,
무료 진료지만 책임감을 갖고 수리하고 있다는 것을
보여드리기 위한 제도입니다.
간혹 교체해야 할 부품이 없다면
병원에서 부품을 구입하고,
만약 시중에서 구할 수 없다면 직접 만들기도 합니다.
때로는 기증받은 장난감이나 손쓸 도리 없는 장난감에서
부품을 빼서 재활용하기도 하지요.

이런 진료 내용은 '진찰신청서 대장'이라는 이름으로
철해서 보관하고 있습니다.
병원을 설립했을 때부터 하나씩 보관하기 시작했으나
중간에 2013년, 2017년 두 차례 이사하면서
이곳저곳 훼손되고 유실되었습니다.
처음에는 이게 우리의 역사가 될 거라고 생각해
전부 보관해두었는데

진찰신청서 대장
2024년 2월 일 ~ 2024년 3월 일
(24- 501 ~24- 600)
키니스 장난감병원
국가고객만족도 (NCSI)
택배 서비스부문 1위

이제는 최근 2년 치 기록만 남기기로 했지요.
장난감이라는 게, 아이가 크고 나면 애들은 물론
부모들도 다 잊어버립니다.
진짜 사람 몸처럼 계속 써나가야 하는 것이면
세세한 기록이 추후에도 필요하겠지만,
장난감은 아이들 성장과 동시에
일상에서 다 빠져나가는 거니까요.
그래서 그냥 우리끼리의 작은 명예일 뿐,
쓸모가 크게 없더라고요.
특히 이런 명예는 나이가 들면 다 유명무실해집니다.

키니스 장난감 병원에서 완치된 환자의 비율은
70-80%입니다.
그 말인즉슨 막상 수술을 진행했을 때
회복되지 않는 비율이 대략 20-30%라는 것이지요.
그러다보니 가끔
장난감이 안 고쳐졌다거나 더 고장나서 왔다면서
안 좋은 후기를 남기는 분들도 있습니다.
실명제를 쓰고 있다보니,
박사님들은 자기가 치료한 장난감이면
대체로 어떤 사연으로 들어온 장난감이었는지

바로 압니다.

아쉬운 마음에서 그리 적은 것이겠습니다만,

어떨 땐 참 속상하고 상처도 받아요.

치료가 잘 안 됐을 때 슬퍼할 아이들을 생각하면

우리도 마음이 안 좋습니다.

그러니 그런 부분은

조금만 너그럽게 봐주셨으면 좋겠습니다.

말 한마디에 싱글, 말 한마디에 글썽

심범섭

장난감 박사

아이 때부터 궁금한 것이 생기면
그게 기계든, 선물 상자든 뭐든 간에
일단 다 뜯고 분해해서 내용물을 확인하고는 했습니다.
호기심이 한번 동하면 아무도 못 말렸지요.
어느 날은 누군가 테이블에 라이터를 두고 간 거예요.
그걸 보면서 '물이 들어 있는데 어떻게 불이 붙지?' 하고
어른들 몰래 그걸 집어다가 분해해보았어요.
지금 생각하면 위험천만한 행동이었지만

원리를 내 눈으로 확인하지 않고는 견딜 수가 있어야지요.
그런 성격이었으니 제가 이공계통으로 진학한 것은
어떤 면에서는 당연한 것이었습니다.
옛날에는 고등학교를 갈 때부터 진로를 정해야 했어요.
집에서 부모님은 상대를 가라, 법대를 가라 했습니다.
몸 쓰지 않고 책상에 앉아서 손만 움직이는 직업을
최고 좋은 직업이라 여겨 하는 말씀이셨을 겁니다.
하지만 저는 손을 내저으며
“아유, 나는 이공계통으로 간다” 한마디만 고수했습니다.
그렇게 공고를 가고 공대를 나와 살다가
지금도 마음 가는 대로 장난감 앞에서 공구를 잡았지요.

제조업에서 일했기 때문에
처음 장난감 병원에서 부품을 조립하며 치료하는 데
크게 어려움이 없었습니다. 혼자 알아서 했지요.
초반 3년 동안에는 그저 신이 나서 공구를 잡았어요.
그런데 한편으로는 여러모로 부담이 되기 시작했습니다.
‘장난감 박사’라는 말을 듣고, 남에게 감사 인사를 받으니
완벽히 해내야 한다는 압박감이 커져만 갔습니다.
설상가상 늙으니 모든 게 둔해졌지요.
손끝도 둔해지지만 머리도 둔해져 자꾸 깜빡깜빡합니다.

금방 고치는 장난감도 있지만
한두 시간은 우습게 잡아먹는 놈들도 있거든요.
그걸 한참 붙잡고 있다 전부 고쳐내면 기쁜 것도 잠시,
돌아서면 내가 뭘 고쳤는지도 모를 때가 있습니다.
그런 식으로 하루에 열몇 개를 고치니
아무리 접수 카드에 제 이름을 써두어도
다음날이면 '내가 이걸 고쳤나 저걸 고쳤나…' 합니다.

그러다 다른 박사님이 건네준 문의 전화를 받았습니다.

"저 공룡 장난감 보냈던 사람인데요.
고쳤다고 해서 작동해봤는데 전혀 움직이지를 않아요.
원래는 그나마 불이 들어왔는데 이제 불도 안 들어와요."

그래서 성함을 묻고 진료대장을 들여다보았는데,
좀처럼 그 기록을 못 찾겠더라고요.
눈 역시 팔다리만큼이나 둔해진 탓이겠지요.
그래서 택배 수신일과 주소를 확인해보기로 하는데
전산화가 되어 있는 곳도 아니다보니
일일이 종이를 넘겨가며 찾는 데 시간이 오래 걸렸습니다.
그랬더니 짜증이 났는지 수화기 너머에서 그러더군요.

"하… 장난감 병원이라길래 환자를 보냈더니,
오히려 이걸 죽여서 보내셨네요."

그 말을 듣자마자 심장이 덜컥 내려앉더군요.
마음이 황망해 '무슨 말씀을 그리 하시냐' 말하려다
그저 "제대로 치료하지 못해 미안하다"고만 겨우 내뱉었고,
전화는 그대로 끊겼습니다.
얼마 후 인터넷 카페에 그분이 게시물을 올렸습니다.

"환자를 보냈더니 죽여서 보냈음.
다들 여기 보내지 마세요."

저 말을 들은 날부터 계속 한숨이 끊이지를 않았습니다.
제 상태를 본 다른 박사님께서 그러시더군요.
난감해 보이는 장난감은 그냥 '수리 불가' 처리하시라고.
그 방법뿐인가… 한참 고민했지만
끝내는 제가 이 일을 그만두기로 했습니다.

그렇게 다시 집에서 소일거리나 하며 보내던
2019년의 어느 날,
함께 일하던 박사님으로부터 연락이 왔습니다.

점심이나 한번 같이 먹자 하시더군요.
그러마, 하고 함께 식사한 뒤에 이제 집으로 가려는데
여기까지 왔으니 새로 이사한 병원 구경이나 하라더군요.
제가 다닐 무렵에 병원은 인천 관교동에 있었지만,
2017년에 주안동으로 이사를 갔거든요.
새 보금자리를 마련한 키니스의 풍경이 궁금하기도 해
호기심을 참지 못하고 또 덜렁덜렁 구경 갔지요.
오랜만에 보는 박사님들과 반갑게 인사 나누고는
구조가 이렇게 바뀌었구나, 새 공구가 생겼구나…
찬찬히 둘러보고 있는 제게 누군가 말했습니다.

"자, 그럼 여기 앉아보세요."

덜렁덜렁 자리에 앉았지요.

"이제 이거 좀 치료해주세요.
어떻게 고치는 건지 도통 모르겠어."

덜렁덜렁 공구를 잡았지요.
결국 호기심이 다시금 제 자리를 만들고 말았습니다.
그렇게 또 한번 '장난감 박사' 이름을 받은 지

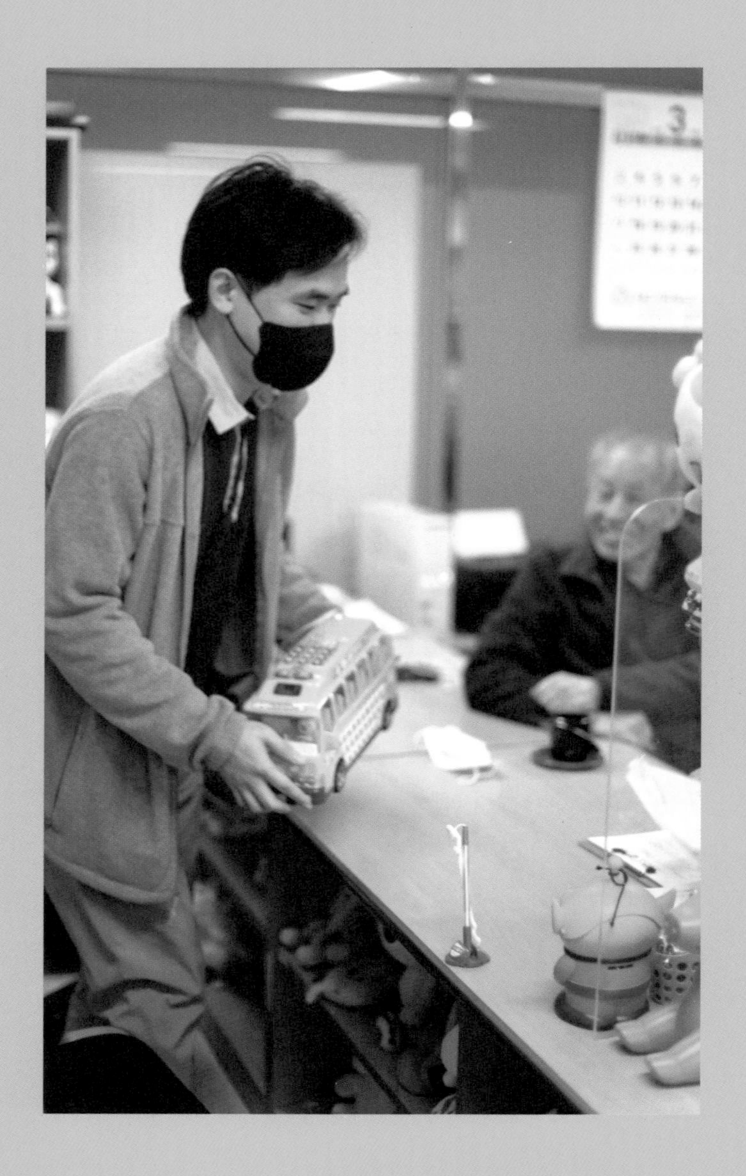

어느덧 4년이 흘렀군요.
앞서 스스로를 7년 차라고 소개했지만,
실은 중간에 공백 기간이 있었습니다.
지금도 여전히 장난감을 제대로 치료하지 못하면
몇몇 보호자분들은 우리에게 날이 선 말들을 던지시고,
그 말들은 가슴 한편에 고스란히 상흔을 남깁니다.
그때 들은 말들이 아직도 생생한 것을 보니
제법 흉이 져 있었지 싶네요.
하지만 그만큼 '고맙다' 말해주시는 분들도 많습니다.
종종 어쩔 수 없이 "수리가 되지 않습니다"라고
전하게 되는 우리지만
"그래도 봐주셔서 감사합니다"
하고 인사하러 들러주시는 분들이 있지요.

둔해지는 것은 몸뿐만이 아닌가봅니다.
날선 말들은 못 들은 척 지워버리고
저도 모르게 둥그런 말들을 양분 삼아
오늘도 제 호기심을 꽃피운 채
이 녀석은 어디가 어떻게 고장난 것인지
흥미를 자극하는 장난감들을 집어들고
곧 그 속에 빠져들고 맙니다.

일에 정이 붙어버렸어

원덕희

장난감 박사

부품이 없어서 완전하게는 못 고치더라도
아예 수리가 불가능한 것이 아니라면
임시로나마 고쳐서 보내줄 때가 많아요.
부분적으로라도 작동되는 것을 돌려받아
아이들이 실망하지 않았으면 하니까요.
하지만 어떤 분들은 완벽하게 움직이지 않으면
'왜 제대로 안 고치고 이따위로 고쳤냐'고 항의합니다.
그럼 뭐랄까, 내가 왜 욕을 먹으면서까지 이걸 해야 하나 생각이 들 때도 많아요.
그럼에도 일을 하게 되는 이유는 그저 '정' 때문입니다.
장난감들에게 정이 들어버렸어요.

장난감 병원에서의 업무란 결국
종일 작업대 앞에 앉아서 장난감을 고치는 것이지요.
그렇게 오래 앉아 있으니,
어느 날 소변에 빨갛게 피가 섞여 나오더군요.
병원에 가봤더니 큰 병원 가셔야겠다는 소리를 듣고
얼마 안 가 방광암 판정을 받았습니다.
그렇게 1년 사이에 큰 수술을 총 세 차례 했습니다.
수술할 때마다 내시경을 하니, 무얼 하니 하며
며칠씩 입원해야 했어요.
병원에서 아무것도 안 하고 만날 누워만 있는데,
제 머릿속에는 한 가지 생각만 맴돌았지요.

'아, 빨리 가서 장난감 고쳐야 하는데.'

그래서 퇴원한 바로 다음날 또다시 병원으로 갔습니다.
우리 장난감 병원으로요.
며칠은 더 쉬어야 한다는데 가만히 있자니 좀이 쑤시고

모빌 들어와 있으면 빨리 고쳐서
아이 품에 돌려줘야 하는데 싶더라고요.
이런 생각이 드는 거 보니까 이것도 중독인가,
내가 너무 여기에 매료되어버린 걸까 싶더군요.
가족들이야 속이 뒤집어졌겠지만
제가 좋다고 나오는 것을 어쩌겠어요.
가만히 누워 있기보다 장난감을 치료하고,
또 기뻐할 아이들을 상상하고 싶은걸요.

지금껏 살면서
제가 하는 일에 미쳐서 몰입했던 적이 있었을까요.
저는 교직생활을 36년간 했고,
그중에서 담임을 23년 가까이 맡았어요.
그 당시에도 지금처럼 일했느냐 묻는다면,
솔직히 그러지 못했습니다.
처음부터 교직에 대한 꿈이 있어서
교사가 된 것이 아니었거든요.
그저 취직이 어려우니
내가 할 수 있는 후보들 가운데 하나를 택했을 뿐입니다.
그러니 담임을 맡게 되더라도
그저 애들이 사고치지 않고 결석하지 않게끔,

꼴찌만 하지 말아다오 하며 맡은 바'만' 해냈습니다.
그런데 어렸을 때부터 선생님이 꿈이었던 사람들은
하나부터 열까지 모든 것이 저와 달랐어요.
아이들을 인도하는 것은 물론,
교실을 가꾸고 청소하는 것조차 열심이었습니다.
사명감을 갖고 계속 더 나아가려고 노력했지요.
마음을 불태우지 않는 저와 비교되더군요.
그런 사람들의 뒷모습을 보면서 참 많은 생각이 들었지만
별다른 행동을 취하지 못한 채 정년을 맞이했습니다.

저는 이제야 비로소 불씨를 찾은 거예요.
아랫배가 쑤시고 허리가 저릿저릿하더라도
침대를 박차고 얼른 이곳으로 오고 싶어집니다.
육십이 넘어서야 비로소
좋아하는 일을 하고 있다는 생동감이 온몸에 절절합니다.
이 일을 8년째 하다보니
잘하는지 못하는지는 중요하지 않더군요.
못하는 것은 공부하고 연구하면 더 나아질 수 있어요.
그러니 노력할 수 있는 동력을 주는 것,
좋아하는 마음을 따라가야 합니다.

당연히 몸도 마음과 발맞춰 따라갈 수 있어야겠지요.
매일 나가던 일수를 주 3일로 줄였고,
작업 시간이 한두 시간쯤 지날 적마다
꼭 일어나서 주변을 10분, 20분씩 걷고 옵니다.
좋아하는 일을 오래하려면 오래 건강해야 하니까요.

길이길이 이어지기를

천전용

장난감 박사

병원에 몇 년간 출석도장을 찍으며 일하다보면
이런저런 사연들을 접하게 됩니다.

머리가 희끗희끗한 부인이
30대 초반 아들 손을 잡고 찾아온 일이 있었습니다.
갖고 가서 고쳐 오겠다고 타일러도,
건반 악기 장난감을 품에서 내놓지 않던 아들 때문에
이른아침부터 먼 걸음을 한 늙으신 어머니.

어찌나 아끼는 것인지 진료를 위해 봐주겠다고 해도
막무가내로 품에서 놓지 않던
젊디젊은 그 '아이'에게 "할아버지가 잘 고쳐줄게요"라고
시간을 들여 설득해 겨우겨우 치료를 했더랬지요.
아들의 어디가 불편한 것인지 구태여 묻지 않았지만
어머니의 옆얼굴에서 오래된 모성의 노고가 느껴졌습니다.
어쩌면 어머니가 훗날 떠나고 나면
아들만 세상에 남겨질 수도 있을 텐데…
그 생각을 하는 것만으로 마음이 힘들었지요.

한번은 앞 못 보는 초등학교 3학년 손녀를 이끌고
방문한 할머니도 계셨습니다.
비밀번호를 까먹어 열지 못하는
아기자기 알록달록한 장난감 금고를 들고 왔었지요.
자신만의 공간과 물건, 비밀이 생기기 시작했지만
아직 비밀번호를 외우기엔 성글고
까먹을 것을 대비해 어디 적어놓진 못해 생긴 일이었어요.
다행히 장난감용 금고였기에 간단히 열어주었습니다.

입학 전 어린 나이로 하늘나라 보낸
금쪽같이 사랑하던 아들이 애지중지하던

손때 묻은 장난감을 기증한 젊은 엄마도 있었습니다.
마찬가지로 긴 이야기를 나누지는 못했지요.
아들을 잃고 눈물 대신에
몇 번이고 쓰담쓰담 어루만졌을 장난감,
우리 손을 거쳐 이제는 또다른 아이 품으로 갔을 겁니다.
그 따뜻한 온기로 그 아이를 보호해주고 있겠지요.

이곳에 모든 이야기를 다 담지 못할 정도로
뇌리에 남는 사연들이 종종 병원 문을 두드립니다.
그 속을 어설피 다 헤아릴 수 없어
대체로 말을 줄이게 되는 사연들.
수십수백 가지 다양한 장난감에 담긴
수십수백 가지 사연들.
고장났거나 주인을 잃어 홀로 남겨질 뻔한 그 이야기들이
우리 박사님들을 만나
다른 아이와의 이야기로 이어지고
또다른 생기로 태어났기를 혼자 조용히 바라봅니다.

아이들과 박사님

이종균

장난감 박사

어린이집이나 유치원에서
한글을 먼저 깨치는 아이들도 있으니,
예닐곱 된 아이들 가운데는
제 이름 석 자 정도 쓸 줄 아는 녀석이 있을 테지요.
그래서 보호자와 함께 장난감을 입원시키러 온 아이에게
종종 입원 치료 의뢰서 이름 칸을 가리키며
'네 이름 한번 적어보라'고 생애 첫 사회생활로서
공식 문서에 서명하는 기회를 줄 때가 있습니다.

(그게 공식 문서인지 뭔지는 모르겠지만요.)
언젠가 딱 봐도 '어린이' 태가 나는 초등학생에게도
한번 의뢰서를 내밀며 내용을 채워보라 했더니
'보호자 성명'이라고 되어 있다고 제 엄마 이름을 썼지요.
부모 이름을 쓸 수 있는 것도 분명 기특하지만
"장난감은 네가 보호자니,
네 이름을 쓰는 게 좋을 것 같아"라고
넌지시 말을 걸었더니 이내 고개를 끄덕이고는
제 이름을 꾹꾹 눌러 써 제출했습니다.
주인으로서 책임감을 느끼게 해줬으니,
저 역시 장난감 박사로서 제대로 치료해줘야겠지요.
때로는 제 말을 멋지게 대답해내는 아이도 있습니다.
아기돼지 삼 형제와 관련된 장난감을 가져온
여자아이에게 몇 살인지 물으니 "다섯 살이요" 합니다.
"그럼 이 삼 형제는 몇 살이에요?" 하니,
'몰라요'가 아니라 망설임 없이
"그걸 어떻게 알겠어요?"라 오히려 선문답을 해냅니다.
요 녀석 봐라, 하지만 그것이 맞는 말이니
한방 먹었구나 허허 웃음이 나왔습니다.

어떨 때는 용돈이 얼마나 있는지도 함께 물어보는데,

어린 녀석들은 맑은 눈을 끔벅이고 데굴데굴 굴리다
개미만한 목소리로 "…없는데…" 합니다.
조금 큰 애한테는 "이천 원이요!" 하고
우렁찬 대답이 돌아오기도 하고요.
아이들은 참으로 순수하고 엉뚱합니다.
아무리 요즘 애들이 빠르다 해도,
어른이 조금만 표정을 관리한 채 장난을 치면
철석같이 믿고 어리바리 귀여운 면모를 보이지요.
언젠가 멋들어지게 생긴 다리가 똑 부러진 우주인,
일명 '버즈 라이트이어'를 들고 온 아이에게 물었지요.

"이름이 뭐예요? 너, 네 이름 쓸 줄 알아요?
이름을 쓸 줄 알면 그냥 고쳐주고,
쓸 줄 모르면 수리비를 내야 하는데."

웃음기 섞인 말투로 말을 마치고,
어린이집 다닐 만한 아이를 가만히 응시합니다.
'여기서 대우받은 만큼 나중에 다른 사람을 대우해주라'고
아이들에게도 존칭어를 쓰려고 노력하지만,
항상 반말과 존댓말이 섞인 요상한 말투가 나옵니다.
수리비를 내야 한다는 말에 아이는 당황하며

옆에 앉아 있는 아빠를 쳐다보다가
(미안하지만 아빠도 이미 한패입니다) 이내 대답합니다.

“그럼… 얼마인데요?”
“음… 백 원! 백 원 있어요?”

고개를 끄덕이길래 의뢰서를 아이 앞에 놓아준 뒤,
볼펜을 함께 겹쳐 잡고 이름을 적었습니다.
제 손에 이끌려 이름 칸에 두 줄이나 넘치도록
삐뚤빼뚤 이름을 써낸 녀석이 귀여워
막대사탕도 하나 더 챙겨줬습니다.
며칠 후 아이가 우주인 친구를 다시금 찾아갈 때,
요즘은 쓸 일이 점점 없어져가는
백 원짜리 동전 한 개를 진짜로 가져왔더군요.
그래서 앞에 있는 돼지 저금통에 넣어보게 해주었습니다.
제 손으로 무언가를 지불해보는 첫번째 경험이었겠지요.
그 기분이 스스로 신통방통한지 연신 웃으며
아이는 장난감을 품에 안은 채 병원을 떠났습니다.
이곳은 경제생활도 배울 수 있는
병원이라 할 수 있겠네요.

장난감 수리 '센터'
— 서구점

박종태

장난감 박사

전국에서도 아이들이 유독 많은 지역인 인천 서구.
덕분에 지자체에서 우리 병원에게 위탁 운영을 부탁한
장난감 수리 센터가 한 군데 있습니다.
주안역에 있는 본점보다 훨씬 널찍한
서구 장난감 수리 센터입니다.
인터넷 카페에 쓰인 '인천 서구점'이 바로 이곳입니다.
키니스 장난감 병원의 자매점 같은 곳이지만
엄연히 위탁 운영이기에 '병원'이 아니라 '센터'입니다.

2020년에 시작한 이곳은 방문 수리만 받고 있고,
고정 파견된 저와 자원봉사자 두 분 이외에도
박사님 한두 분이 로테이션을 돌며 센터를 지킵니다.
방문 수리만 한다는 것은
즉 택배를 받지도 보내지도 않는다는 뜻이지요.
그래서 맞벌이하는 보호자들도 방문할 수 있도록
화요일부터 토요일까지, 오전 9시부터 오후 6시까지
문이 열려 있습니다.

본점은 서너 분의 박사님들이 자리를 지키고
업무에 집중하는 방식이 제각각이라 대체로 고요하지만
이곳은 박사님 두세 명에, 오가는 손님도 없다시피 하니
적적하면 라디오나 노래를 틀어놓지요.
〈찔레꽃〉〈외나무다리〉〈조약돌 사랑〉〈인생〉…
이런 노래들을 들으면서 흔들흔들 몸도 흔들다가
보호자분들이 방문하면 어이쿠 하며 음악을 끄고,
아무 일 없었다는 듯이 맞이하곤 합니다.
그리고 입원 상담 후, 되도록 당일 퇴원을 목표로 합니다.
시간을 쪼개 직접 장난감을 들고 오는 보호자분들을 위해
오전에 오시면 오후에 찾아가실 수 있도록,
간단한 것이면 한두 시간 카페에 다녀와달라는 식이지요.

수리센터

접수 과정에서 같이 이야기를 나누며
피치 못하게 하루이틀 잡아먹게 생겼으면
양해를 구하고 다시 방문하실 날짜를 잡는 편이에요.

그렇게 '어른들끼리의 시간'을 갖는 동안
보호자와 함께 방문한 꾸러기들은
도처에 널려 있는 알록달록한 각종 장난감에
어리둥절해하거나 환호성을 지르기도 하지요.
서구점에도 본점처럼 '아나바다 본부'가 있으니까요.
아이들에겐 장난감만 있으면
어디든 거실이자 운동장이 됩니다.
하지만 신이 난 아이들이
제 키보다 높은 곳에 있는 장난감을 내리다 다칠지 몰라,
물건은 반드시 보호자가 꺼내주도록 당부하고 있습니다.
아이들에게 장난감은 그 자체가 그들의 재산입니다.
당연하다면 당연하지요, 선물받은 이상 '제 것'이니까요.
하지만 장난감을 온 방안에 그득 늘어놓으면
치우는 것은 항상 엄마들 몫이지요.
아이 입장에서 잘 갖고 놀지는 않지만
버리기는 아까운 장난감이 점점 증식하면,
엄마들은 치다꺼리가 힘들어 이를 줄이려 합니다.

그런 경우에 아나바다 본부는 썩 괜찮은 선택지입니다.
물물교환의 개념도 가르치고 짐기도 줄어드니까요.
다만 짐을 줄이려다보니 어찌 아이를 잘 설득해
물물교환할 장난감을 여럿 가지고 와도,
엄마들은 보통 집으로 가지고 갈 장난감을
한 개만 골라보라고 말하곤 합니다.
그럼 아이는 제법 영리하게 따지듯 투정하지요.

"내 건 로봇카에, 공룡이랑 퍼즐까지 주는데,
왜 하나만 가져가야 해요?"
"민수는 집에 소방차랑 트럭이랑 레고시티도 있잖아.
아직 뽑기 장난감은 속에 든 작은 인형들도 다 못 뽑았고."
"아냐, 그거 금방 다 뽑아요… 내일, 내일 다 뽑을 거야."

이윽고 시작되는 아이와 엄마의 진지한 토론소리를
노동요 삼아 장난감을 치료하는 곳입니다.

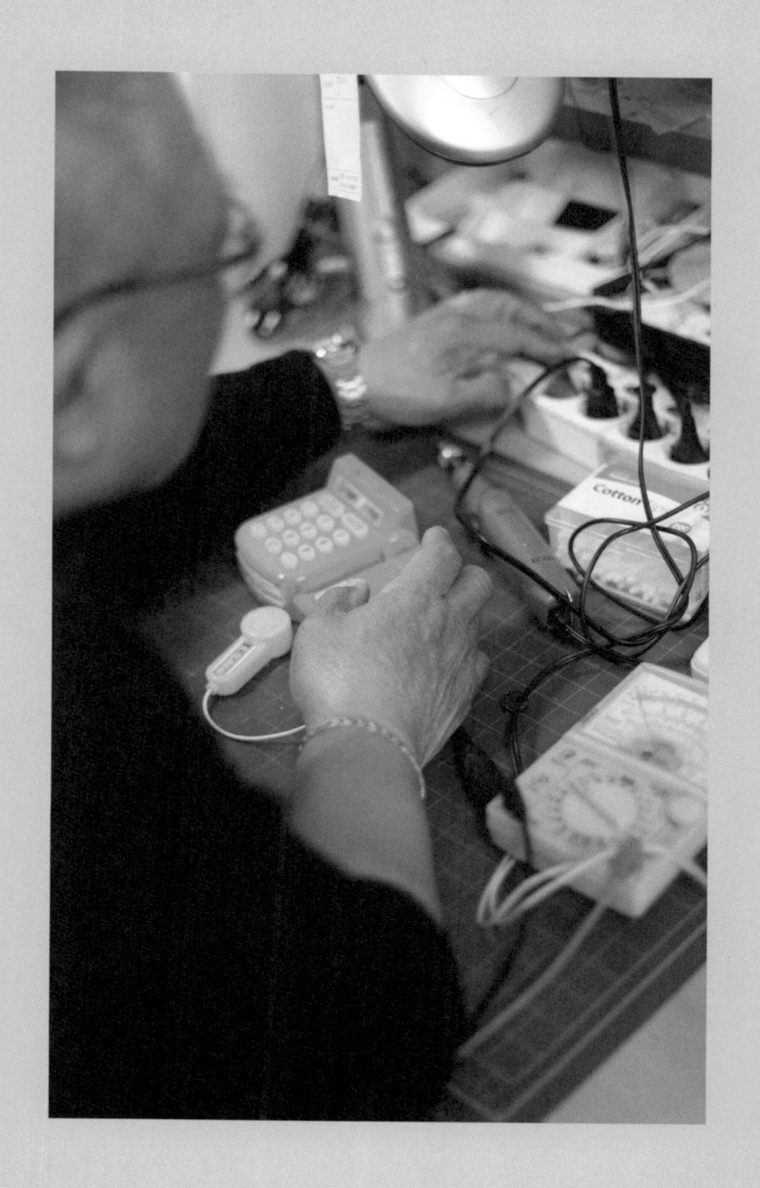
Cotton

박사님들의 모임

박종태

장난감 박사

병원에서는 시간이 참 잘 갑니다.

본점은 지하상가에, 서구점은 시트지가 발라져 있어

시간의 흐름이 잘 느껴지지 않기도 하지만,

아침에 와서 상자 속에 파묻혀 있던 장난감들을

하나둘 고치다보면 금방 점심 먹으러 갈 시간이고,

점심 먹고 와서 또 한참 장난감들과 씨름하다보면

벌써 오후가 훌쩍 넘어 놀라는 일이 하루이틀이 아닙니다.

게다가 이곳 박사님들은 참 외곬 성향들이 강해서
무언가를 하나 고치겠다 마음먹으면
나이에 견주어도 엄청난 집중력들을 보여줍니다.
게다가 하루에 고치는 장난감 개수도 많으니
하루종일 함께 있지만
생각보다 병원에서 수다를 많이 떨지는 않아요.
몇 시간이고 앉아서
'장난감과 나', '나를 물고 늘어지는 장난감'이라는
두 세계에 몰두하기에
퇴근할 때면 진이 다 빠져서
함께 술잔을 기울일 여력들도 없지요.
다만 1년에 절반 이상 가까이 붙어 지내는 사람들이니
회포는 제때 풀고자 연말연시에 회식을 개최합니다.

회식을 주최하는 장소는 거의 정해져 있습니다.
장난감 병원이 있는 시민상가 근처 돼지고기집.
사실 본점에서 하루 한끼 함께하는
점심식사 장소도 여기입니다.
박사님들은 좀처럼 이 시민상가 근처를 벗어나질 못해요.
이유는 여느 직장인들과 크게 다르지 않습니다.
점심시간 한 시간 안에 밥도 먹고 산책도 하려니 그렇지요.

주변에 '포케'니 '어쩌구 도넛'이니
처음 듣는 신기한 가게들이 생겨도
나이 먹은 할아버지들 네다섯 명이 우르르 몰려가기가
어쩐지 객쩍기에 점심 장소가 고정되어 있습니다.

점심을 함께 먹든, 회식을 하든
대화 내용 역시 단골가게처럼 거기서 거기지요.
식당에서 틀어놓은 TV 뉴스로 마주하는 세상일들 약간,
가족 이야기들 약간, 건강 이야기들 이~만큼,
그리고 장난감 이야기를 이~~만큼 합니다.

"요즘 이런 장난감이 있더라고요."
"그 내부를 들여다봤는데 아예 다른 방식이더라고."
"장난감에서 나오는 동요 제목이 뭔지 압니까?"
"지난번에 말한 그 장난감, 결국 운명하셨답니다."

하루종일 1년 내내 장난감을 만지면서
여기에서까지 장난감 이야기를 한답니까! 싶겠지만,
동창을 만나면 30년이 지나도 학교 얘기를 하고
직장 동료를 만나면 어제 회사에서 벌어진 일을 말하듯
우리도 병원에서 만난 장난감 이야기를 하게 됩니다.

처음 보는 장난감이나 캐릭터들을 발견하면
어린 아이가 된 것처럼 얼른 가서 박사님들에게
이거 아냐고, 내가 고쳐봤다고, 아주 재밌더라고
말할 생각으로 1년에 한두 번 있는
이 모임이 기다려지곤 합니다.
(대체로 막상 그날이 오면 할 말, 못할 말
다 까먹고 말지만요.)

내 일에 '최선'을 다했다는 말

김기성

장난감 박사

어떤 조직에 속하든지, 무슨 활동을 하든지
서로를 배려하는 것은 무척 중요합니다.
박사님들도 봉사 단체에 소속된 채로
맡은 업무를 해내는 것이 실은 낯선 일이었습니다.
키니스 장난감 병원의 박사님들은
혼자 무언가에 몰두하는 방식으로 일해온 분이 많으니,
누군가와 소통하며 결과를 내온 경험이 드물거나
아예 처음이신 분이 의외로 적지 않습니다.

당신의 일에 장인 정신을 갖는 면도 분명 있고요.

이곳은 장난감을 고치는 봉사 단체지만,
'단체'라는 이름이 붙는 순간
자잘하게 따라붙어 처리할 일이 참 많아집니다.
저는 김종일 이사장님과 동문이자 원년 멤버여서 그런지
어떤 사안을 두고 함께 논의하는 경우가 종종 있습니다.
의견 차가 나던 크고 작은 문제에서
제가 한번 중재를 해보려고도 했는데,
그것이 참 쉽지 않더군요.
연세도 먹을 만큼 먹었고, 배울 만큼 배웠고,
일할 만큼 일해온 분들끼리 이견을 좁히는 것은
상상 이상으로 만만치 않습니다.
논의 사항이 있다면 마음 상하지 않도록
조금씩 양보하며 잘 설명해야 했지요.
지금이야 모양새를 잘 갖추어
13년 동안이나 우리 단체가 유지되었습니다만
그 과정이 마냥 순탄치는 않았어요.
혼자 하는 일이 아닌 둘 이상의 다른 사람이
하나의 프로젝트를 완성해나가는 데
저절로 이루어지는 건 있을 수 없습니다.

소속원도, 장(長)도 마찬가지로
서로의 상황을 살피며 배려하는 것이
얼마나 중요한 미덕인가 체감했지요.

서로를 향한 배려는 책임감에서 나오는 것이기도 합니다.
자기 할 일에 책임감을 갖고 있다면
어느 사안에서든 함께 일하는 사람과 자신을
분리해서 생각하지 않으니,
절로 동료에게 배려심을 갖거든요.
우리 병원은 문의 전화가 항시 다양하게 들어오기 때문에
오픈 시간에는 한 사람이라도 자리를 지켜야 합니다.
매일같이 들어오는 치료 의뢰 수도 제법 많아서,
봉사라곤 하지만 까딱하면 '노동'이 되기 십상이지요.
그렇다보니 박사님들은 그저 '좋은 일 한다'를 넘어서
어느 정도 사명감까지 가지고 있습니다.
그런데 이곳이 재능기부로 운영되는 무료 봉사 단체라고,
가볍게 생각하며 나오시는 분들도 간혹 있었습니다.
매주 월, 수, 금에 나오기로 했으면 약속을 지켜야 하는데
그러지 않으시는 거지요.
전에 계시던 어느 박사님 한 분은
'오늘은 10시에 왔다가 일이 있어 점심 먹고 가야 한다',

'좀 피곤해서 금방 가야겠다'고
의논도 예고도 없이 불쑥 얘기를 꺼내곤 했습니다.
단체에서 정식으로 박사님들을 고용해서
임금을 주는 것은 아니라지만,
약속된 시간을 어기는 건 엄연히 무책임한 행동이지요.
경험상 이런 분들은 이 봉사를 오래하지 못하십니다.

어느 곳에 속해 있든 다른 사람들과 함께 일할 때
자신의 나이나 위치에 상관없이
하는 일에 최선을 다하면 책임감은 절로 생깁니다.
'최선'이라는 것이 때로는 모호하게 느껴지지요.
원래 '최선'은 타인이 가늠하는 것이 아니라
스스로가 가늠하고 평하는 겁니다.
그러니 기실 '최선을 다했다'라는 말은 무거운 말입니다.
자기 자신에게 솔직해야 알 수 있으니까요.
어렵겠지만 진실되게 최선을 다한다면
책임감은 저절로 생기고, 그 책임감이 있다면
함께 일하는 사람의 마음을 다치게 하는 일은
현저히 줄어들 겁니다.
27년의 사회생활과 13년의 봉사 단체 생활로
배운 점입니다.

오레오가 안겨준 상

원덕희

장난감 박사

2018년의 어느 날, '코오롱' 그룹에서 전화가 왔습니다.
자체 발행하는 책자인 〈살맛나는 세상〉에 실을
인터뷰 취재차 방문해도 되겠냐는 문의였어요.
각종 매체에서 취재 문의가 자주 들어오는 편이니,
평소처럼 그러시라 했지요.
날짜를 잡고 여느 때와 비슷하게 인터뷰에 응했습니다.

그러고 한참 뒤에 다시 코오롱에서 연락이 왔어요.

우리 병원이 어딘가의 수상 후보에 올랐다는
깜짝 놀랄 소식을 전해왔습니다.
알고 보니 코오롱 그룹은 문화재단을 설립해
매해 '우정선행상'이라는 이름으로
묵묵히 선행을 실천해온 분들께 상을 주고 있다 합니다.
우리가 인터뷰에 응했던 그 책자를 통해
1년 동안 여러 단체를 취재하고,
그중에서 1차 심사를 거쳐 후보를 추려낸 뒤에
다시금 심사위원들이 실제 현장을 방문해
대상과 본상, 장려상 및 특별상 단체를 가려낸다더군요.
처음에는 감사하면서도 어리둥절했습니다.
기껏해야 사내 잡지에나 실리는가보다 하고 있었는데,
상이라니 놀랍기도 했지요.
괜히 그때 뭐라고 답했더라… 떠올려봤지만,
아무것도 모르고 그저 평소처럼 행동했다 싶었습니다.

얼마 지나지 않아 심사위원으로 두 여성분이
병원을 찾아왔습니다.
수상을 가려야 하는 사람들인 만큼
이 단체가 정말 상을 받을 만한지 아닌지를
날카롭고도 냉정하게 살펴보시더군요.

각자 서류를 한참 보면서 병원을 돌아보시는데,
그때 우연히 탁자 위에 놓여 있던 작은 상자 하나가
두 분의 눈에 들어온 모양입니다.
장난감이 담긴 상자는 아니었어요.
치료한 모빌을 받아본 아이 어머니께서 보내신 거였지요.
까만 비스킷 사이에 하얀색 크림이 들어간
'오레오' 두 박스와 함께 연필로
"감사합니다. 당분 보충하세요"라는
짧은 인사말이 적혀 있었습니다.
심사위원분들이 그걸 보고서 '아' 하는 소리를 내더니
제게 그러더군요.

"이런 맛에 장난감을 고치시는 거군요?"

종종 이런 인사를 보내오는 분들이 계시니
웃으며 "예" 하고 답했지요.
두 분은 무척 좋아하시면서 그 상자와 편지를
핸드폰 카메라로 찰칵찰칵 찍어가더군요.
나중에 알게 된 것이지만,
사람들과 소박하지만 진심어린 마음을 나누고 있는 단체가
나름대로의 심사 기준이기도 했나보더라고요.

제19회 우정선행상
동심을 지키기 위해
고장난 장난감을
무료로 고쳐주다
장려상
키니스장난감병원

그렇게 2019년 따듯한 봄날,
감사하게도 우리 병원은 장려상을 받게 되었습니다.
김종일 이사장님이 직접 시상식에 자리해
기념사진도 찍으시고 상을 받아오셨지요.
소정의 상금도 주어져
박사님들과 든든한 겨울 단체복도 처음으로 하나 맞추고,
장난감 치료에 필요했던 도구와 부품들도
넉넉하게 마련할 수 있었습니다.

그때 그 편지와 과자는 누구 보라고 둔 것도 아니었어요.
심사위원분들에게 우리를 증명하려고 애쓴 것은
더더욱 아니었지요.
하지만 그 아이 어머니께서 보내주신 따스함 덕분에
귀하고 값진 상을 받은 셈이지요.
우리가 하는 일은 봉사하는 마음에서 우러나오는 것이지만,
그렇다고 좋은 소리만 듣는 건 아니거든요.
그래서 참 별것 아니다 싶다가도,
그 어머니처럼 고맙게 여겨주시는 귀한 마음을 받으니
마음 한편으로 자긍심을 작게나마 가지고 있습니다.
자신이 하는 일을
누군가에게 반드시 인정받아야 하는 것은 아니지요.

하지만 이렇게 알아주는 사람들이 있다는 것을
직접적으로, 또 간접적으로 체감하게 되는 것은
우리에게 큰 힘이 됩니다.
지금도 그 과자를 떠올리면 마음이 흐뭇해집니다.

한 번쯤은 꼭 결말을 보세요

원덕희

장난감 박사

누군가 이런 질문을 하더군요.

"장난감을 치료하면 무엇을 얻으시나요?"

키니스 장난감 병원에서만 얻을 수 있는 감정이라면
역시 '해냈다!'라는 쾌감이 아닐까요.
치료 과정이 어려운 장난감을 계속 붙들고
며칠 내내 고민하고 골몰하다

원인을 찾아내거나 방식을 이해했을 때
벼락같이 찾아오는 번쩍임이 있습니다.
그 순간을 잡아채 내 것으로 만들고
이윽고 고장나서 빌빌거리던 장난감들이
다시금 펄펄 기운차게 작동하면
그 성취감이 이루 말할 수 없습니다.

공업고등학교에서 아이들을 가르쳐왔지만,
저는 정확히는 '전기과' 교사였습니다.
건전지를 동력으로 삼아 돌아가는 것을 '약전',
전선으로 전력을 공급받아 돌아가는 것을 '강전'이라 해요.
전기과는 강전을 가르치는 곳이고요.
쉽게 말해, 제가 배우고 가르쳐온 지식과 노하우가
장난감을 치료하기에 적절하지는 않았던 셈이지요.
그래서 처음에는 장난감들 치료가 참 어려웠습니다.
그나마 간단한 축에 드는 장난감 모빌을 치료하며
차근차근 장난감의 세계를 배워나갔지요.
그저 모빌 하나만이라도 제대로 마스터하자 생각했습니다.

모든 박사님들이 진찰대장을 기록하지만
그 수치로 통계를 내는 건 저 혼자입니다.

월별로, 연도별로 총 몇 개의 모빌이 들어왔고,
몇 개가 어느 고장으로 병원을 찾았는지
입원한 것 가운데 몇 개를 고쳤는지를 혼자 계산해요.
(다른 분들은 제 이런 방면에 진절머리를 냅니다만…)
별다른 이유는 없고,
그저 내가 이 정도의 역할은 해내고 있구나 하고
혼자 뿌듯해하는 용도입니다.
그렇게 모빌을 1년에 700개, 총 몇천 개쯤 고치다보니
이제는 그 형태의 장난감 수리만큼은
어느 경지에 도달했다는 생각이 들지요.

사실 우리 때만 해도 인생의 갈림길이 별로 많지 않았어요.
사회가 정해놓은 '좋은 인생' '성공한 인생'의 기준선은
무척 두터웠고, 그 범주는 제법 좁았습니다.
어떤 면에서는 깊게 고민할 필요가 없으니
인생의 경로가 단순했지요.
그래서 어느 한 분야에 온 마음을 던지기가
비교적 쉬웠어요.
반면에 요즘 젊은 분들은
무엇 하나를 끝까지 가보는 것을 어려워하는 듯해요.
수많은 선택지가 주어지니

오히려 무엇을 골라야 할지 몰라 고민하고
선뜻 손을 뻗지 못하는 것도 당연하다 싶습니다.
이걸 골랐다가 실패하지 않을까,
과연 잘한 선택일까 심사숙고하는 것이겠지요.
실패를 겪고 세게 고꾸라져서
그 열패감에 일어서지 못하면 어쩌지 하는 마음도
자연스레 생길 겁니다.
신중한 것은 분명 좋은 자세지만
어떨 때는 그냥 닥쳐서 해보는 게
정답일 때가 있습니다.
나이라는 것이, 그 젊음이라는 것이 엄청난 자산이고
당당함 그 자체란 생각을 하게 되는 것은
이렇게 나이 먹고 나서입니다.
부디 늦게 깨닫지 말라는 말입니다.

무언가를 달성해야만 하는 건 아니에요.
성공이든 실패든,
결말에 도달하면 그 자체로 성취감을 얻을 수 있습니다.
개운하고 속 시원해지는 경험.
그 감각을 하나씩 하나씩 계속 쌓아가야
나중 삶에 큼직하고 묵직한 덩어리들이 생겨요.

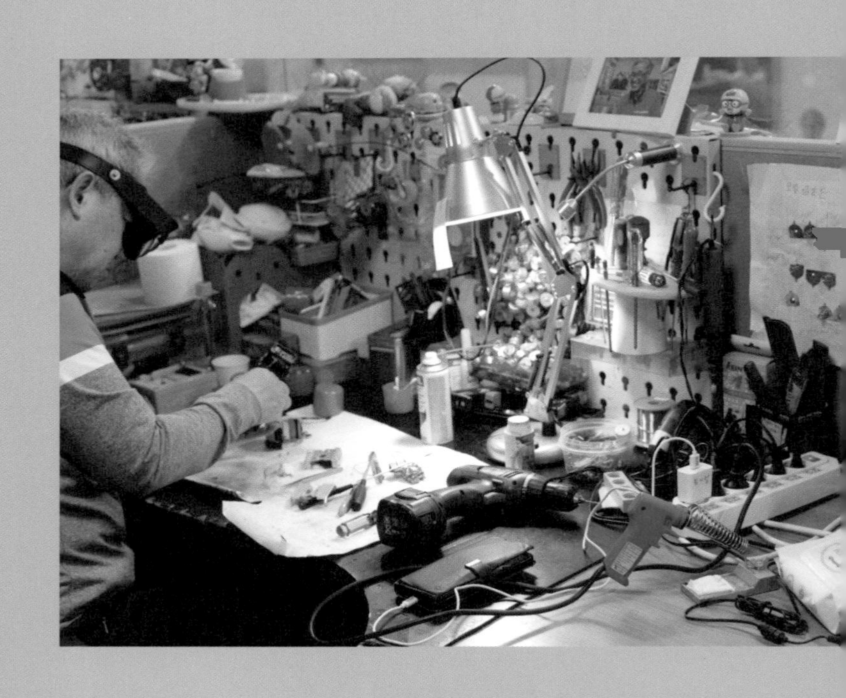

꼭 그것이 공부나 일이 아니어도 좋습니다.
성취감은 즐겁게 노는 것이나
취미나 여행에서도 얻을 수 있지요.
성취감은 일종의 나이테와 같아서
식견을 넓게도 해주고 깊게도 해주면서
사람을 성장시켜요.

많이 보고 듣고, 배우고 놀아본 세대니
그걸 기회로 연결시켜서 우리보다 뭐든 잘할 거예요.
그러니 진짜 별거 아닌 걸로라도 끝까지 해볼 것.
어쩌다보니 '모빌 전문의'가 된 제가
다음 세대들에게 꼭 전하고 싶은 말입니다.

장난감 박사의 소회

이종균

장난감 박사

회사를 그만두고 거실 소파에 찰떡같이 밀착해
TV 리모컨과 함께 뒹굴며,
'삼식이'로 무료함과 씨름하던 어느 날.
우연히 TV 프로그램 〈슈퍼맨이 돌아왔다〉 속 '대박이'가
서너 살 때 나온 화면을 보았습니다.
대박이가 아끼던 장난감들을 끌어안고
한 가게에 들어가더니 "고쳐주세요"라고 하더군요.
장난감 병원이라 소개된 그곳의 박사님들은

"악어가 물어서 장난감이 부러졌다"는 아이의 말에
"그럼 주사 놓아줘야겠네" 하며 태연스레 대답했고,
장난감도 멀끔히 수리해내 동심을 온전히 지켜주었지요.
그걸 보고 저 정도 일이라면
자신 있게 할 수 있겠다, 즐겁게 일하겠다 싶었습니다.
무엇보다도 나름의 의미도 있으니 허송세월하지 않겠다
생각해 병원을 찾아왔던 때가 엊그제 같은데
어느덧 8년 차로 접어들었습니다.

이제는 깜빡거리는 기억력 때문에
업은 애기 3년 찾는다는 말처럼
바로 눈앞에 있는 부품도, 연장도 못 찾아 헤맬 때가 많지요.
환하게 켜놓는 작업대와는 다르게
작업대 아래는 어두컴컴합니다.
어쩌다 부품이 작업대 아래로 떨어져서
멀찍이 굴러가면 그걸 찾겠다고
나빠져가는 시력으로 손전등을 비춰가며 헤매는데,
그럴 때마다 옆자리 심 박사가 항상 거들어줘서
찾는 시간을 줄이곤 하지요.

치료를 할 때는 기분좋게 입에 밴 노래를

이것저것 흥얼거리며,
재활이 잘 안 되는 것들에게
"야 인마, 왜 이렇게 말을 안 들어! 똑바로 좀 못해!"
괜히 혼을 내기도 하고,
'댕댕이' 놈들한테는 왜 이리 다리를 많이 다쳐서 오느냐
구시렁거리고,
겉모습이 앵무새가 아니더라도
말을 따라하는 녀석들이 꽤 있어 말을 걸어보곤 합니다.
장난감 병원 8년이면,
이곳에서 만나는 모든 장난감이 의인화 대상이 됩니다.

8년 전이나 지금이나 아침 일찍 병원에 도착하면
우선 '복장'을 갖춘 뒤 업무를 시작합니다.
장난감을 분해하다보면
이따금 어르신이 쓰레기장에서 주워온 듯 보이는
굉장히 지저분한 장난감도 있습니다만
쓰던 것이 완벽히 깨끗할 수도, 먼지가 없을 수도 없으니
박사님들은 앞치마에 토시까지 무장태세를 갖춥니다.
의사들이 가운을 입는 것처럼
이것이 장난감 의사들의 복장이지요.
수술 대상의 작업 양상에 따라서는 장갑에 마스크,

보안경까지 써서 중무장을 해야 할 때도 있습니다.
그러다보니 작업대 위는 하나 고치고 나면 먼지투성이요,
저녁 무렵에는 온갖 곳에서 수시로 떨어진
못 쓰게 된 부품, 볼트, 수리하다 버려진 재료 조각 등
온갖 잡동사니가 즐비합니다.
퇴근 직전에 모든 걸 쓰레기통에 집어넣고
마무리 청소를 끝내면 하루 일이 마무리되지요.
종종 며칠 걸려야만
정상적인 장난감 구실을 할 수 있을 정도로
치료에 시간이 걸리는 녀석들도 있습니다.
그럼 그 녀석은 빈 상자에 일체를 빠짐없이 보관해가면서
며칠 동안 나름의 공정을 따라야 합니다.
때론 접착제로 굳히는 중인 부품은
중간에 비뚤어질 수 있으니 정확한 모양새가 되도록
시시때때로 점검해 바로잡기도 하지요.
한쪽 좋은 자리에 고이 모셔두는 것으로도 모자라

"촉수엄금. 똑바로 쳐다봐도 안 됨.
건드리면 죽음이닷!"

나름 살벌한 경고문을 붙여놓습니다.

이렇게 꼼꼼히 작업한다 싶다가도
가끔 다 고쳐놓고 전지 뚜껑을 빼놓는다든지
볼트를 다 채우지 않는다든지
'인간미' 넘치는 실수가 다반사입니다.

50-60년대의 한 동네 넓이는 사방 십 리니,
뉘 집 숟가락이 몇 개인지 사정을 뻔히 알 정도로 친한,
어려서부터 같이 자란 친우가 열다섯 명 정도 있었습니다.
코흘리개 시절 장난감 가지고 다투던
개구쟁이 친구들 가운데
해외로 이민을 가 연락이 끊긴 사람도 있고,
소싯적 어린 나이에 떠난 친구도 있지요.
평소에 술을 과하게 즐기던 작자들도
10여 년 전부터 이태에 하나 꼴로 저승길을 가니
이제 남은 이들끼리 모여도 여덟 밖에 안 됩니다.
이러니 이곳 키니스 장난감 병원에서
일주일에 세 번 보는,
한 번에 소주 대여섯 병은 문제없다고 큰소리치는
술 태배기 고교 8년 후배한테는
너도 오래 살려면 술 좀 작작하라고 잔소리합니다.
그러다가도 우연한 기회로

간접적으로나마 어린애들 근처에서 시간을 보내면서
종종 엄마 품에 안겨 방문하는 갓난이들까지 보게 되니
점점 내가 애가 되어가는 기분입니다.
집에서는 마누라님 말귀도 제대로 못 알아듣는다고
핀잔을 듣는 늙다리 처지지만요.

지난 성탄절 전날,
밤새 내린 눈이 쌓인 아파트 단지 샛길에서
버스와 강아지 장난감을 품에 안은 아이가 눈썰매를 타고,
그걸 젊은 부부 둘이 넘어질세라
조심조심 끄는 걸 내려다보았습니다.
앞으로의 삶을 더 내다보는 것이 무의미해질 나이에,
한 치 앞을 모르는 것이 막연할 젊은 부모와
그 막연함마저도 신나는 모험일 수 있는 아이가
서로를 마주보며 행복하게 웃는 것을 한참 구경했지요.
그 웃음소리가 참 듣기 좋았습니다.
그 웃음이 조금이라도 더 많은 곳에,
더 오래 이어지도록 제 힘이 닿을 수 있게끔
있는 힘을 마저 다해볼 참입니다.
그래서 오늘도 묵묵히 작업대 앞에 가 앉을 생각입니다.

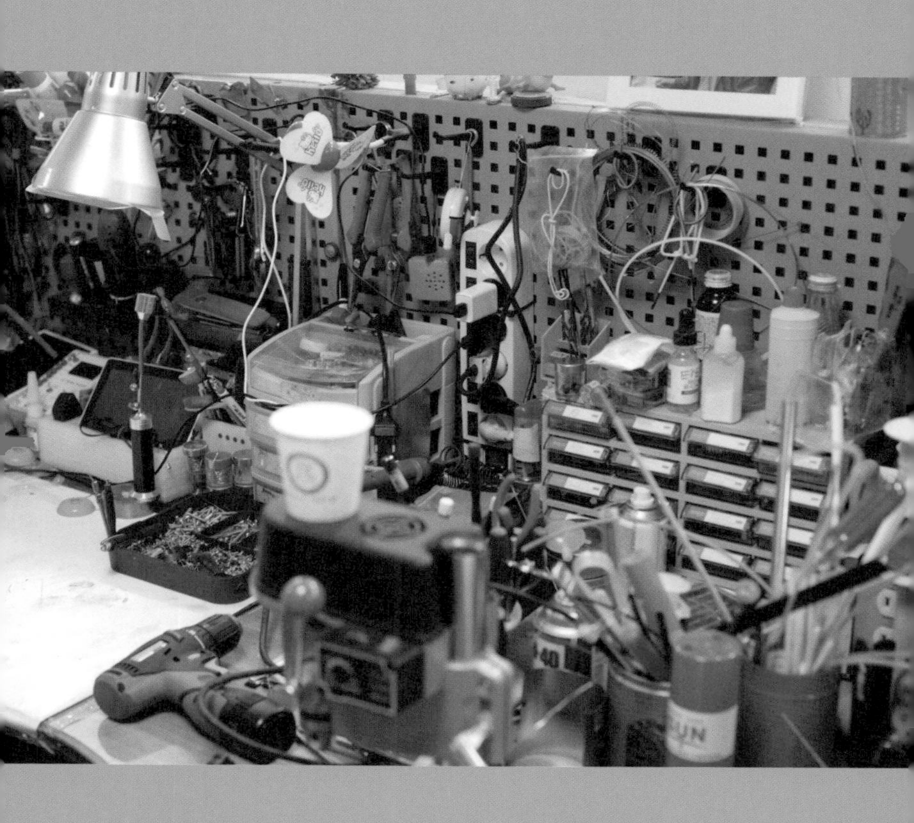

이 나이에도
용기는 필요합니다

김종일

이사장

이 나이에 다다르면
누군가에게 자랑하고 싶다거나 칭찬받고 싶다거나
명예롭고 싶다는 생각이 일절 없어집니다.
그저 방안에 누운 채 하루를 보내기 싫어 시작한 일인데
다른 분들이 좋은 일 하신다, 대단하시다
찾아와서 치켜세워줄 때가 많더군요.
부끄럽지만 허허 웃으며 찾아오는 분들을 다 맞이합니다.
그 이유는 그저 하나예요.

우리처럼 나이 먹은 노인들이
무언가를 하고 있다는 것을 보여주고 싶어서,
이런 우리 모습에 다른 사람도 용기를 갖고
계속 무언가 행동하기를 바라서예요.
행동은 행동을 부른다고 믿거든요.
그것이 선의의 행동이라면요.
제가 어릴 때는 대한민국 평균 수명이
한국전쟁 탓인지 50세를 채 넘기지 못했습니다.
그러니 한창 나이 때도 문득 내가 몇 살까지 살게 될까,
60세쯤이면 이른바 '부르면 가는 나이'겠거니 했지요.
그런데 세상이 좋아지니 엉겁결에 계속 살고 있는 겁니다.
세상 떠날 시기려니 했던 나이에,
정작 떠나는 곳은 세상이 아니라 일터였지요.
게다가 어린 시절에는 상상도 못할 나이까지
계속 몸이 움직여지지 뭡니까.

지금 제 나이 또래거나 저보다 젊으신 분들도
비슷한 마음일 겁니다.
아, 인생이 참 길구나. 이 긴 인생을 어떻게 살아야 하나,
모두가 고민하고 계시겠지요.
인생이 남아 시간은 많은데

새로운 포석을 다지는 것이 부담스러우신가요?
하지만 그럴 때 '그냥 해보자'라고
조금만 용기를 내었으면 합니다.

물론 그 어떤 일도 쉬운 길은 아닐 테지요.
길가나 뒷산의 쓰레기를 줍는다고 해도
막상 그것을 본격적으로 하려면
각종 애로사항들이 생겨날 겁니다.
부아가 치미는 일도 분명 생길 거예요.
하지만 그럴 때면 그냥 그만두면 됩니다.
혼자 소일거리로 시작한 일을 멈춘다는데
누가 뭐라고 하겠어요.
아니지요, 누가 뭐라고 한들 남의 눈이 신경쓰일 나이는
진즉에 지났잖습니까.

이곳 박사님들은 본업을 정리하고
운명처럼 맞닥뜨린 이 일을 두고
'드디어 내 할 일을 만났다'라고 말하시곤 합니다.
저 역시 장난감이 어떤 것인지 평생 모르고 살다가
이제 조금이나마 깨닫고 갈 듯합니다.
키니스 장난감 병원을 설립하고 운영하면서

참 많은 아이들의 웃는 얼굴을 보았고,
각종 언론사에 얼굴을 비쳐도 보았습니다.
오늘이 생의 마지막날이 되어도 병원은 계속되겠지요.
저는 이것만 생각해도 훗날 떠나는 길이 행복할 듯합니다.

이렇게 뜻하지 않은 새로움이
이 나이에도 광활하게 펼쳐질지 모릅니다.
물론 장난감 병원이 아니어도 좋습니다.
여러분, 그저 용기를 내주세요.
인생은 참 깁니다. 무엇이든 해봅시다.
무엇이든 만나봅시다.

저는 이 한마디를 건네기 위해
이 책을 쓰기로 결심했다 해도 과언이 아닐 겁니다.

키니스 장난감 병원의 연혁

2011년 9월

'키니스 장난감 병원' 설립(인천시 남구 논현동)

2012년 1월

전국 범위로 무상수리 시작

3월

네이버에 카페 개설 및 후원회원 모집

5월

출장 수리 (봉사) 시작

8월

장난감 병원 로고 상표 등록

2013년 11월

인천시 미추홀구 관교동으로 위치 이전

2017년 3월

인천시 주안시민지하도상가로 위치 이전

2019년 3월

코오롱 그룹 우정선행상 장려상 수상

설립 이후 현재까지

누적 진료 의뢰 수 7만 8,000여 건

누적 수리 장난감 수 10만 개 이상

(2013년 이후 매해 장난감 수리 10,000건 이상)

출장 수리 74회 진행

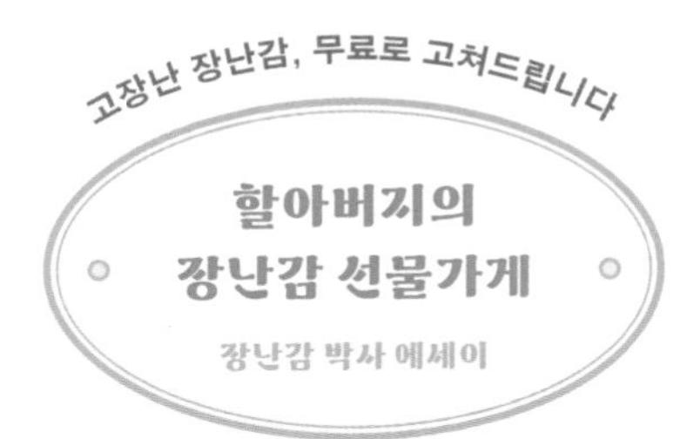

초판 인쇄 2024년 4월 23일
초판 발행 2024년 4월 30일

글 장난감 박사
사진 이병률

기획·책임편집 변규미
편집 서병수
디자인 조아름
마케팅 김도윤
브랜딩 함유지 함근아 고보미 박민재 김희숙 박다솔 조다현 정승민 배진성
제작 강신은 김동욱 이순호

펴낸이 이병률
펴낸곳 달 출판사
출판등록 2009년 5월 26일 제406-2009-000034호
주소 10881 경기도 파주시 회동길 455-3
이메일 dal@munhak.com
SNS dalpublishers
전화번호 031-8071-8683(편집) 031-8071-8681(마케팅)
팩스 031-8071-8672

ISBN 979-11-5816-178-1 (03810)

달은 ㈜문학동네의 계열사입니다.

아이가 세상에 존재하는 한

장난감은 계속 필요할 테니까

앞으로도 장난감을 고쳐 선물해줄게요